出稼ぎ令嬢の婚約騒動６

次期公爵様は愛妻が魅力的すぎて心配です。

黒　湖　ク　ロ　コ

K U R O K O　K U R O K O

一迅社文庫アイリス

CONTENTS

ミハエル

公爵家の嫡男。

眉目秀麗で、文武に優れた青年。面白いことや人を驚かせることが大好き。現在、紆余曲折を経て婚約したイリーナと結婚できたことで、幸せを満喫中。

イリーナ

貧乏伯爵家の長女。

これまで身分を隠して色々な貴族家で臨時仕事をし、その働きぶりから、正規雇用したいと熱望されることも多かった少女。現在、憧れが高じて「神様」として崇拝していたミハエルと結婚したばかり。

出稼《でかせ》ぎ令嬢の婚約騒動6

次期公爵様は愛妻が魅力的すぎて心配です。

人物紹介

アセル

ミハエルの妹で、公爵家の次女。末っ子なため、甘えっ子気質なところがある少女。

ディアーナ

ミハエルの妹で、公爵家の長女。クールな見た目に反して、可愛いものが好きな少女。

アレクセイ

王都の学校に通っているイリーナの弟。尊敬する姉のことなら口がよく回る、社交的な少年。

オリガ

公爵家の優秀な侍女。現在、イリーナの傍付きをしている女性。

イヴァン

イリーナの父であるカラエフ伯爵。虚弱体質で、記憶力がよすぎる男性。

グリンカ

王都で輸入雑貨店を経営している子爵。神形について並々ならぬ情熱を持っている。

用語

神形 ―みかたち―

動物の姿をした自然現象。氷でできた氷像が動くなど、人知を超えた現象であることから、神が作った人形と言われている。討伐せずに放置すると、災害が起こる。

バーリン領

ミハエルが将来治める公爵領。
火の神形が出没するため、温泉が湧く地域。

カラエフ領

イリーナの実家がある領地。
冬になると氷の神形が出没する、雪深い地域。

イラストレーション◆安野メイジ（SUZ）

出稼ぎ令嬢の婚約騒動6　次期公爵様は愛妻が魅力的すぎて心配です。

Engagement capriccio of the working girl 6th

序章：出稼ぎ令嬢の馬車の旅

イリーナ・イヴァノヴナ・バーリンは最近少々弛《たる》んでいる。

ふわふわとした揺れの中、肩に温かいものを感じながらまどろんでいると、とんとんと叩《たた》かれ目を開けた。

ここは……。

「イーシャ。バーリン領に入ったから、もうそろそろ、絵画屋に着くよ」

「ひょひゃい!!」

神々《こうごう》しい銀髪に青空を写し取ったような美しい青い瞳。そんな彩色の美しすぎるご尊顔が目に飛び込んできた瞬間、私は一気に覚醒し飛びのいた。しかし飛びのいたことで窓にゴンと頭を打ち付け、目の前に星が飛ぶ。

「痛っ」

「イーシャ、大丈夫?」

「す、すみません！　まさか寝てしまうとは」

頭を押さえながら、私はミハエルの様子をうかがう。

なんという失態。

まさかミハエル様にもたれかかって眠ってしまうなんて。最近弛んでいると思っていたけれど、馬車での移動中に眠りこけてしまうなんて酷《ひど》すぎる。

「はっ⁉　よだれ。よだれはついてはいませんか？　大丈夫ですか？」

絶対口を開けて寝てた気がすると気が付いたところで、慌《あわ》てて自分の口の周りを触る。大口開けてよだれを垂らしながら居眠りとか、百年の恋も冷める醜態だ。

最悪すぎる。

「大丈夫だよ。それに折角《せっかく》イーシャから引っ付いてくれて役得だったなぁ。俺に対して安心しきっている寝顔はどれだけ見ても飽きないし、この重みこそ幸せというか。肩を貸してあげるから、もう一度寝ない？」

「……寝ません。というか、バーリン領に入ったと起こして下さったのはミーシャじゃないですか」

にこにこ笑うミハエルに対して私はすごく微妙な顔になってしまった。

今日はいつもより早めの朝食を食べてすぐにミハエルと共に馬車に乗った。そして王都からバーリン領に向かっている最中に気が付いたら眠ってしまったのだ。最近、どれだけ寝ても眠く感じることもあったけれど。でもまさかミハエルの前でうたた寝してしまうほど弛んでしまうなんて……。

「そうだけどさ。ほら、俺達夫婦だし。いいよね。夫婦。今までとは違う相手の一面が見られて幸せだよね」

ミハエルはとても嬉《うれ》しそうに笑う。その幸せに満ちた顔はまさに宗教画のようだ。尊い以外の何物でもないけれど、私が馬車でうたた寝をしたことに対してそんな顔をしないで欲しい。ミハエルが神のごとくやさしい証拠でもあるのだけど、今はその笑みが尊いけれど恥ずかしい。

そして私はミハエルが言う通り、去年の夏に彼と結婚した。次期公爵で文武両道な彼と結婚した私は、貧乏で雪しかないような領地を持つカラエフ伯爵家の長女だ。ドレスの一着すら中々買えず社交デビューもしなかった私は、身分を隠して出稼ぎをするような生活を長年していた。それなのになぜ神からの愛を一心に受けているようなミハエルと結婚できたのだろう。この世の最大の謎な気がする。

「……人生何があるか分からないなぁ」

「本当にね」

ぽつりとつい独《ひと》り言《ごと》を呟《つぶや》けば、隣にいるミハエルがしみじみといった様子で頷《うなず》いた。確かに思い返せばミハエルも色々普通の人ならば体験しないことをしている。

「ミーシャもそうですよね。まさかミーシャが二年連続で女装した上で、その姿で王宮を駆け回ることになるとは思いませんでした」

一年前、バーリン公爵家で使用人をしていた私のちょっとした思い付きで女装したミハエルは、少し前に王太子の命令で女装して女性武官候補の視察をすることになった。その際王太子の婚約者である異国の王女が連れ去られ、女装したミハエルと共に王宮を駆け回ることになったのだ。きっと同じような経験をした人は他にはいないと思う。

ちなみに女装は彼の趣味ではないので不運な偶然により起こったものだ。人生何があるか分からない。

「いや。うん。確かにそうだけどここ一年、もっと色々あったよね？　イーシャと婚約してからそれ以外の部分で驚きの連続だったよね？」

「確かにいまだに王都でも雪が降っているのは驚きですよね。もう暦《こよみ》では春なはずなのに」

この時期になってもまだ王都やバーリン領で雪が毎日降り続けているなんて中々ない。

この原因は、冬に発生する【氷の神形《みかたち》】だ。神形とは氷でできた氷像が動くなど人知を超えた現象であり、神形を討伐しなければ大きな災害が起こる。今年はその氷の神形の一種である氷龍《アイスドラゴン》が群れとなってしまったことで春の訪れが遅れていた。さらに今回の氷龍の群れは人為的に引き起こされたもので、ミハエルもつい最近まで氷龍を討伐するために遠征に出ていたのだ。ここまで春が遅れるのは十六年前に起きた大災害以来だと年嵩《としかさ》の使用人が言っていた。

「うん。それも驚くけどね？」

「えっと……他に何かありましたっけ？」

一体、何をミハエルは指しているのだろう。

首を傾《かし》げる私をミハエルは意味深な目で見た。

「十年前に一目惚《ぼ》れした子をようやく見つけて婚約したはずなのに使用人として働いていて、無事に両想いになれた婚約者が男装して臨時討伐武官をやり、さらに少し目を離したら着ぐるみを着てバレリーナをし、伯爵家令嬢のはずなのに当たり前のような顔で氷龍の討伐に参加し、次期公爵夫人のはずなのにどういうわけか女性武官候補の指導員になっていたり……」

息継ぎなしでつらつらつらつらっとここ一年の私を中心としたできごとを言われ、そっと目をそらした。ミハエルが言っていることすべてに心当たりがあり、言語化してみると確かに驚くような内容だ。そこに至るまでの過程にはそうなっても仕方がない理由はあったけれど、それでも客観的に見れば一人の人間がたった一年ちょっとで起こした騒動とは思えない。

「別にイーシャを責めているわけではないよ。ないけれどさ、人生何があるか分からないという言葉は深いなって思ってね。イーシャと結婚して一緒にいられて幸せだけど、本当に予測のつかない一年だったよ」

「……きっと、これ以上驚かせるようなことはそうそうないですよ。驚きを楽しんで下さっていたのなら申し訳ないのですが」

思い返せば妙に波乱万丈な一年だったけれど、私自身はこれといった面白味のない人間だ。見た目もよくある亜麻色《あまいろ》の髪に曇り空色の瞳で美人でも不細工でもない。次期公爵夫人という立場がなければ、簡単に埋没してしまいそうな外見である。性格も真面目《まじめ》だけど、それだけだ。

「驚くのは楽しいから好きだけど、別に驚きがなくてもイーシャが隣にいてくれればそれだけで幸せだからね。ただ、うん。この一年を思うと、きっと驚きはこの先も続くんじゃないかなって思うんだ」

「考えすぎですよ」

ざっと考えてもこれ以上驚くようなことなんて思い浮かばない。むしろ刺激が足りなくて物足りないなと思わせてしまいそうだ。

このまま私の一年の反省会が続くと少し気まずいので、何か話題を変えるのにいいものはないかと同乗している使用人のオリガの方を見れば、彼女は一心不乱に何かを書いていた。

「オリガ？　何を書いているの？」

「……失礼しました。忘れる前にと業務日誌を書かせていただいておりました」

「ああ。そうなのね。いいわよ？　今は馬車に乗っているだけだからやることもないし。ただ、馬車酔いしないように気を付けてね」

「ありがとうございます」

嬉しそうにオリガが笑ったのを見て、いいことをしたなと私も嬉しくなった。隙間《すきま》時間を使って残業せず仕事をするのは大切だ。ただ……。

「でも業務日誌にしては沢山《たくさん》書いていない？」

業務日誌といえば、本日の日付と出勤者とやったことを書くぐらいだと思ったのだけど、妙に多い気がする。

「……ミハエル様から詳《くわ》しい業務日誌を書くよう指示が出ておりまして」

「ミーシャから？」

「ああ。次期公爵夫人の傍仕《そばづか》えになるのなら、しっかり仕えるイーシャのことを把握してもらわなければいけないだろう？　だから前より詳しく書いてもらうようにしたんだ」

なるほど？

私の実家は貧乏伯爵家だったので傍仕えがそもそもいないし、他のお屋敷で勤める時は裏方の仕事が中心だったので、女主人の傍仕えの業務日誌がどれぐらい書くものか分からない。

「でもミーシャ、あまり書類業務の負担をかけるのは……」

傍仕えの仕事は暇《ひま》な仕事ではない。もちろん必要な業務はやってもらう必要はあると思うけれど書類業務が山ほどあるというのはいただけない。

「イリーナ様、大丈夫でございます。それほど負担はございませんので。むしろ楽しく書かせてもらっています」

楽しく？

もしかしてオリガは書類業務の方が得意なのだろうか？　私はどちらかというと動く方が好きだが、そういった方が強いのならばやってもらうこともやぶさかではないけれど……。

「ほら。オリガもこう言ってくれているし、しばらくやってみて業務に支障が起きるようならもっと簡略化するからね？」

もちろん家ごとに仕事は違うので、業務日誌が多いというのは、細やかな仕事をする公爵家では必要なことなのかもしれない。無理をしない範囲ならば、そのやり方を否定する気はないが、【ミハエル様からの指示】だと言ったのが若干《じゃっかん》気になる。ミハエルが私のためと言って使用人に無茶な仕事を押し付けていないといいけれど……。

「無理をしない範囲ならいいですが……」

「心配して下さりありがとうございます」

「私がオリガの主人だから、理不尽な命令が出た時は、私にも相談してね。使用人の仕事内容はそれなりに分かっているつもりだから」

ただし私も色々公爵家としての常識が足りず普通から外れた行動をとることがあるので、オリガを含め使用人達に不満を持たれすぎないよう気を付けなければ。

うん。次期公爵夫人として、私ももっと気を引き締めよう。私は自分自身にそう心の中で宣言し気合を入れた。

一章：出稼ぎ令嬢の公爵領訪問

日が昇り始めるかどうかという早朝から走らせた馬車は、雪道でかなり時間をとられつつも、何とか昼少し前に第一の目的地であるバーリン領にある絵画屋に到着した。

馬車が停まりガチャリとドアが開けられると冷たい空気が馬車内に入り込み、若干《じゃっかん》残っていた眠気を一気に吹き飛ばす。ミハエルにエスコートされて降りれば、空からはチラチラと雪が降ってくる。分厚い灰色の雲に覆われた空は、王都と変わらない。

「また降ってきたんですね」

吹雪《ふぶ》くほどではないけれど、舗装された道路の上でシャーベット状になっている灰色の地面を細かな雪が粉砂糖のように白く化粧していく。

「足元が悪いから気を付けて」

「はい。大丈夫です」

白い息を吐きながらミハエルと会話した私は、そのまま足早に建物の方へ向かう。

今日バーリン領に来たそもそもの発端はミハエルの父親であるバーリン公爵から雪祭りの時期に合わせて少し長めの休みを取って戻《もど》ってくるようにと言われたためだ。

バーリン公爵領の雪祭りの日程は、雪が酷《ひど》すぎたため延期され例年より遅い。

本来ならばこの時期は王都で水の神形《みかたち》の一斉討伐が行われるので忙しいのだが、幸か不幸か春が遅れたことでしばらくはできそうもない。そのため冬に遠征で何日も拘束されていたこともあり、休みが取れた。

とはいえ、一斉討伐が始まれば流石《さすが》に王都に戻らなければいけない。だから私達は、バーリン領にいる間に効率よくやりたいことを終わらせようと、公爵家に行く前に絵画屋に寄り道することにした。

店の軒下に入ると、私達は服についた雪を払い、扉を開ける。チリンチリンという鈴の音と共に扉を開ければ、絵の具の独特な匂いが鼻を突いた。素早く中に入ると、冷気と雪が中に入らぬように扉を閉める。風が中に入り込まないだけで、だいぶんと暖かい。

「ミハエル坊ちゃんに奥様。悪天候の中、ようこそおいで下さりました。あまりお構いはできませんが、中で温まって下さい」

店主である老人は奥の作業場から出てくると、目じりのしわを深めながら挨拶《あいさつ》をした。今の今まで作業をしていたようで、汚れたエプロンを着けたままだ。

「流石に結婚したんだから、もう坊ちゃんはやめてくれ。こんな日に突然悪いね」

「ミハエル様が突然来るのは今に始まったことではございません。事前にご連絡いただけただけでも、涙が出るほどのご成長かと」

「うっ。……本当はもう少し暖かくなってから来るつもりだったんだ。でも急にバーリン領に行く予定が入ってね。折角《せっかく》だから早めに相談したいと思ったんだよ」

　バーリン公爵からの招待は結構急な話だった。そのため事前に時間を空けて欲しいと店に連絡を入れたのはさらにぎりぎりとなってしまった。それでも次期公爵という立場と昔から懇意にしているということもあり時間をとってもらうことができた。

　だが納期の迫っているものがあると言われていた通り今も描いていたようだ。身ぎれいにする暇《ひま》もないぐらい忙しい様子だが、それでも私達に椅子をすすめた店主は共に椅子に座った。

　奥からお弟子と思われる若い男性がお茶を運んできてテーブルに置いてくれる。外が寒かったので、温かい飲み物はとてもありがたい。

　お茶を飲みながら店内を見渡せば、沢山《たくさん》の姿絵や風景画が飾ってあった。その中にあってはいけないものを見つけ、私は思わずにお茶を吹きかけた。

「っ⁉　あ、あの。あの絵っ！」

「ああ。雪が降り続いているので【春の精霊】の絵を飾って、早く春が来ないかと待っているのですよ」

　まるでご利益《りやく》のあるお守りのような言い方だが、違う。あれはそういう宗教画ではない。

「いや。私の絵では春は来ないかと」

　実物より美化された幼い私の絵は、ミハエルが幼い頃店主にお願いして想像して描いてもらったものだ。でもそれは隠れて見るだけで、こんな堂々と飾るようなものではなかったはず。

「そうでしょうか？　ほのかな恋心が描かれた華やかな絵が加わると、店内も明るくなったような気がしますし」

「ほ、ほのかな恋心!?」

「はい。ミハエル様の可愛《かわい》らしい恋心です」

私抜きで描いたにもかかわらず、私の幼い頃の気持ちを代弁されたかと思い慌《あわ》てたが、どうやら依頼主の方だったらしい。いや、それでも恥ずかしいのには変わらない。

「これを見ていると、ミハエル様が使用人も振り切って一人で飛び込んできて、公爵様に怒られて涙目になっていた若かりし日を思い出しますね」

「……そういう昔話はやめてくれ」

ミハエルはげっそりした様子でため息をついた。

「そうですか？　奥様は楽しそうですよ？」

「イーシャ？」

はっとして私は緩みきった頬を押さえる。ため息をついている人の隣でする顔ではなかった。

「すみません。昔話を聞くと過去のミーシャを垣間《かいま》見ることができたような気分になれて幸せで……」

他人に若い頃の失敗話をされるのは恥ずかしいというのはよく分かる。でも私個人としてはとても興味深い話なのだ。私が知らないミハエル情報は黄金ほどの価値がある。

「イーシャが楽しんでくれるなら……いや、でも。俺はイーシャにとって完璧《かんぺき》でかっこいい男でいたい」

「大丈夫です。失敗を含めてミハエル様は完璧でかっこいいですから」

「様付け！」

おっと。いつの間にか宗教色が出てしまった。

私は慌てて口に手を置く。完璧でかっこいいと言われるとどうしてもミハエル様になってしまうのだ。私の素敵な旦那様は、ちょっと子供っぽい面があったり、完璧すぎない隙《すき》があったりする可愛らしい部分も持った方なのだ。

「とにかく、店主も忙しそうだし早めに要件を伝えてお暇《いとま》しよう」

仕切り直すようにミハエルは咳《せき》ばらいをすると姿勢を正した。

「気を使っていただきすみません。今日は仕事が入っていて忙しいですが、最近は写真がもてはやされるようになりましたから、それほど忙しくはないですよ。絵を欲しがる客層は、写真を欲しがる方と同じですから。今回は久々に大口の仕事をもらえたので、頑張ろうと老体に鞭《むち》を打って描いているんです」

どうやら間が悪かったようで、店主は苦笑した。

実際写真がもてはやされるにつれ絵の仕事がなくなってきているのは私にも分かる。

私自身見たままそのものを残せるカメラは欲しいと思っており、今後実家であるカラエフ領で生産できないか考えているからだ。そして絵に限らず、異国の発達した文化が入ってくることで、いままでそれに近い仕事を縄張りとしていた人が店をたたむことはよくある。

「……絵画には絵画のよさがあると思うんですけどね」

もちろんミハエル様をそのまま残せる写真は素晴らしい技術だと思う。ミハエル様の何気ない日常の一瞬が永遠となるのだ。こんな魔法のような技術はもてはやされて当然だ。ただし写真はすべて白黒になってしまい、絵画のような鮮やかさはない。

色に関しては今後変わってくるかもしれないが、他者の目を通したミハエル様が見られるのは絵画だけだ。

「同じ時間も違う人の目を通すと、違う印象を得ることもありますし、作者の性格や想いが現れる絵は見ていて飽きませんから」

写真なら一枚だが、絵画なら作者が百人いたら百通りのミハエル様が生まれる。……楽園はここにあった。

「奥様はこちらを嬉《うれ》しくさせる言葉を下さりますね」

「……ソウダネ」

百枚のミハエル様を想像していたら、ミハエルが私の内心などお見通しであると言いたげな微妙な顔をしていた。まずい、まずい。現実に戻ってこなければ。

「それで今回はどんなご依頼でしょう？」

「実はカラエフ領へ行き、イリーナの父君にあたるカラエフ伯爵に絵を教えてもらいたいんだ。もちろん貴方《あなた》ではなく、弟子や知り合いに頼んでもいいけれど、基本のパーツの取り方などの説明が得意な人にお願いしたい」

ミハエルの言葉に店主は少し驚いた顔をした。

「カラエフ伯爵様は、ご趣味で覚えたいということでしょうか？」

「うーん。少し違うかな。実はカラエフ伯爵はとても記憶力がいいんだ。それこそ何枚もの写真が頭の中にしまってあるようにね。でも流石に彼の頭の中を覗《のぞ》くことはできない。だから今回はその頭の中身をカラエフ伯爵に絵として描き出してもらいたいと考えている」

「頭の中身ですか？」

「そう。例えば彼が知っている神形を寸分狂わず描かせて欲しい。写真では伯爵の頭の中にあるものは撮れないからね。カラエフ伯爵の神形の知識を武官で活用するためにも、貴方の力が必要なんだ」

父の記憶力ならば対象を見ながら描いても、頭の中にあるものを描いても同じようになると思う。ただし私と同じで父も絵の心得はまったくなかった。だからどう描けばいいかを教わる必要がある。

「もちろんカラエフ領までの出張料や講師料はきっちりと王宮から払われるようにするよ。誰か請け負ってくれそうな人はいないかい？」

「基本だけ教えればいいのですか？」

「そうだね。デッサン方法や絵の具の扱い方とかを教えてくれるだけで構わないよ。ただ、風景、人物、物、すべての描き方をお願いしたいかな」

「人物もですか？」

あれ？　神形の絵を描いてもらうんじゃなかったっけ？

風景は神形の出現場所を残すためかなと思ったが、人物が必要になるところが思い浮かばない。討伐風景を残したいのかもしれないけれど、父は体が弱い上に運動神経が壊滅しているので討伐現場までまず行くことができない。そのためほとんど見たことはないはずだ。

「……もしもカラエフ領に怪しい人物が来たら、その人相を描き残してもらいたいと思ったんだ。バーリン公爵家と婚姻で繋《つな》がったことによって、余計なものが行かないとも限らないからね」

ミハエルは少しだけ動揺したような顔をしたが、理由を教えてくれて納得した。確かに氷龍《アイスドラゴン》の討伐を邪魔《じゃま》するような異国人や貴族が現れたら逃がさないためにも絵で残しておいた方がいい。

きっと動揺したのは、今回氷龍が群れとなってしまった原因を店主に教えられないためだろう。ミハエルの仕事は機密事項も多いのに、配慮が足りない質問をしてしまった。申し訳ない。

「とりあえず画材代も出すから、水彩画でも油絵でも構わないけれど、見たままが描けるように努力してもらって欲しい。教える時も芸術的であるより写実的であることに重点を置いてもらいたい」

確かに、その絵を見て武官の人が神形の討伐に役立てていくのならば、芸術的では伝わらず困ってしまう。

この部屋の中にも、写真のようにものを忠実に描いた絵以外に、平面的に描いてあるものや、落書きにしか見えない絵が並んでいる。特にこの落書きのように見える絵は私には何がいいのかさっぱりだ。こんな感じの絵を見せられても、たぶんどんな神形か分からないだろう。

「……分かりました。今の仕事が終わったら、私が行きましょう」

「えっ？　店主がですか？」

少し店主は考え込んだが、自分が行くと志願した。そのことに私が驚きの声を上げてしまい、二人から視線をもらう羽目になった。

「……あ、すみません。カラエフ領は遠いので行くだけで大変かと思いまして。お弟子さんとか若い方が行くとばかり思っていたので」

ミハエルから話を聞いた時、私は真っ先に交通の不便さや、滞在時の不便さなどが頭に浮かんだ。行くだけで時間がかかるし、雪のない時期に行ったとしてもバーリン領で暮らしている人にとってカラエフ領は不便に感じるはずだ。部屋だけはあるので実家に滞在してもらえば、何とか食事と寝る場所は提供できるとは思うけれど。……いや、逆に若い人の方が田舎《いなか》すぎて仕事だとしても嫌がるか。

「写実的なことに重点を置いて教えるならば、基本は私が教えた方がいいでしょう。今は写真に対抗して芸術的なものを目指す者が増えていますから。あの絵のように。これはこれで味があって、私も好きですけどね」

そういって指さしたのは私が落書きみたいだと思ってしまった絵だ。……今の絵描きさんはこれを目指しているの？　えっ？

このタッチで描かれたミハエル様というのが思い浮かばない。というか、人物像っぽいけど、まさかミハエル様の絵ということはないよね？　時代についていけない私はギョッとする。

「それに私もそろそろ引退を考える年ですからね。この店も近い将来弟子に継がせるつもりなんですよ。引退して、ただ何もしないのではぼけてしまいます。写実画ならば私の方が得意ですし、適任だと思うんですよ」

「引退だって？　まだ元気じゃないか」

店主の言葉にミハエルの方が動揺したような焦《あせ》った顔をした。

「ミハエル様とは生まれた頃からの付き合いですからね。私はバーリン公爵が子供の頃から描かせていただいていたんです。そろそろ自分の好きなものを描いてもいいと思いませんか？」

どうやら長年バーリン公爵家で姿絵を描いてきたらしい。そうか。あの家にある素晴らしい絵の数々は彼が手掛けたものも沢山あるのだろう。

「なら父に教え終わってバーリン領に戻ってきた後でいいので私も絵を習えませんか？」

私はミハエルの絵を想像した瞬間、反射的に小さく手を上げ意見を言っていた。

「イーシャ？」

ミハエルが驚いた顔で私を見ている。

私が絵画を習うなんて話、一言も事前になかったからだろう。しかし今気が付いた。私は学ばなければならない。

「私は芸術方面に疎《うと》いのですが、それでも折角ミハエルに嫁いだので、次期公爵夫人として何か趣味を見つけたいと思っていたんです。この間聞いたのですが、西の国では水彩画を女性の教養としている国もあるそうなので、私もやってみたいと思いまして」

つい最近王女と茶会をした時、王女も水彩画を嗜《たしな》んでいて、教養の一つとなっているのだと教えていただいた。だから建前上は問題ないはずだ。

とにかく一つ言えることは、あそこまで綺麗《きれい》にミハエルを描いた技術をここで失うのは世界の損失ということ。彼の弟子はどうやら店主とは作風が違う。写真がもてはやされるため写実的ではない絵がもてはやされるようになったのは分かったけれど、私が欲しい絵は寸分狂わず描かれたミハエル様だ。

隠居するならば、私があの技術を継承し、私による私のための私だけのミハエル様を描くのだ。

「それとできればミハエル様の——いえ、ミーシャの昔話を聞きながら教えていただけたら最高だなと思いまして」

ただグッズを増やし続けるたくらみをミハエルに気が付かれると止められる恐れがある。ミハエルは神様扱いしたり、グッズを飾り鑑賞し続けたりして至福の時を過ごすことをあまり快く思っていない。そのため私らしい理由も付け加える。

生まれた頃からの付き合いならばきっとミハエル様の希少な幼少期の情報を持っているに違いない。それを聞く時間はきっと楽器の練習をするよりもずっと楽しいだろう。

この重大な課題を必ず乗り越え、私はミハエル様グッズを手に入れ、同時にこの技術を未来に残し続けるのだ。

「……イーシャはぶれないなぁ。店主がいいならば、お願いしたいけれどどうかな？　どちらにしろ、まずはカラエフ伯爵に教えてもらうのが優先だけれど」

「ええ。構いませんよ。私も奥様と一緒に思い出話をするのが楽しみです」

「はい。よろしくお願いします。あのある程度上達したら、時間がある時で構いませんので、ミーシャがモデルになってくれますか？」

流石にこのお願いでは目的がバレたかもしれない。しかしミハエルは苦笑するだけで咎《とが》めることはなかった。

こうして私は落ち着いたら絵画を習う約束をしたのだった。

◇◆◇◆◇◆

雪は降り続けているが公爵家の前の道路はしっかりと雪が脇にどけられていた。きっと去年と同様に臨時使用人の皆さんが雪かきを頑張って下さったんだろう。心の中で感謝しながら馬車から降りる。

王都にある屋敷より立派な建物の前に行くと、使用人により扉が開かれた。

「おかえりなさいませ」

「ただいま戻りました」

執事に声をかけられ挨拶をする。

元々の実家はカラエフ領にある伯爵邸で、結婚してからは王都の別宅にずっと滞在していたのでどうしてもお客様として来た気分になるが、本来の家はここだ。おかえりなさいと言われたので反射的に返事を返したが、不思議な感じがする。

雪で濡《ぬ》れたコートを脱ぎ、靴を履き替えていると、バタバタとこちらへやってくる足音が聞こえた。

「イーラ姉様、おかえりなさい!!　中々雪がやまないし、到着が遅れているようだったから心配していたの」

エントランスでコートを使用人に渡していると、次女のアセルが駆け寄ってきて手袋を外したばかりの私の両手を握った。手袋をしていても冷えていたので、アセルの手がとても温かい。

ふわふわとした金髪の美少女がウルウルと青色の瞳を潤ませている姿は美しさと可愛さに加え慈愛が混在しており、まさに天使。一目見れば、きっと誰もが愛さずにはいられない。

「アセーリャ。気がはやるのは分かるけれど、危ないのだから走らないの。それに来年は成人でしょう？　少しは落ち着きなさい。イーラ、悪天候の中の移動、お疲れ様」

アセルに小言を言いながらその後ろからやってきたディアーナは、ミハエルと同色の髪と瞳の色をまとう美女だ。小言といっても、その言葉にはやさしさがあふれており、まさに女神。

そんな二人に出迎えられた私は、この国一番の幸せ者だ。

「お姉様、私だって人前ではちゃんと淑女らしくするわ。イーラ姉様に早く会いたかったんだから、少しぐらいいいじゃない」

アセルは少し子供っぽく唇を尖《とが》らせた。その様子が可愛らしすぎて私はくすりと笑った。

「アセーリャ、ディーナ。お出迎えありがとうございます」

「おーい二人とも。お兄様へのご挨拶はどうしたのかな？」

「あっ。おかえり」

「なんだか、イーシャと対応違わない？」

ミハエルにそっけなく挨拶をしているが、二人がミハエルのことも大好きなのは知っている。

だからこれは、ミハエルがここに帰ってくるのが当たり前だからのそっけなさなのだろう。ぶーぶーと口を尖らせるミハエルも冗談めいていて、だからこそ余計に仲良く見える。見目麗しい仲良し兄妹は眼福だ。

　ほうとため息をつきながら、しっかりと心の目に焼き付けておく。

「あっ。もしかしてディーナはこれから出発ですか？」

　心の目に焼き付ける中で、アセルがストールを羽織っているだけなのに対して、ディアーナが外套《がいとう》を着ていることに気が付いた。

「ええ。久しぶりだしできればイーラ達と話がしたかったから出発前に会えてよかったわ」

「別宅でお話ししてから私の方も出発できればよかったのですが……」

「お互い忙しい身だから仕方がないわ」

　これからディアーナが向かうのは先ほどまで私とミハエルがいた王都の別宅だ。私達がバーリン領で過ごすのと入れ違いになってしまったのが残念である。

　本来なら王都の方でディアーナを受け入れた後に私とミハエルがバーリン領へ移動した方がよかった。しかしミハエルが休める期間とバーリン領の雪祭り、絵画屋の関係でバーリン領に着いた時にもしも会えれば話をしましょうということになっていた。

「ところで王都の方も雪は沢山降っていた？　バーリン領はね、毎日毎日雪だったよ。去年よりも酷いかも。雪が酷すぎて雪祭りは延期してしまうし、全然外出もできなくて、退屈で、退屈で死ぬかと思ったわ」

「退屈で人は死なないわよ。でもそうね、今も外にあまり出られない程度に降り続いているわ。王都の方は大丈夫だった？　今日もまた降っているようだけど」

ディアーナは眉を寄せ愁《うれ》いを帯びた表情をした。これから自分も王都に向かわなければいけないので憂鬱《ゆううつ》なのだろう。

「王都の方も雪が降り続いていましたが、最近は少し落ち着いてきましたよ。あまりに雪が酷いので、お茶会はほとんどできませんでした」

「そうなのね。ところでミーシャは冬の間どうしていたの？　ずっと遠征に行っていたの？」

ディアーナの言葉にミハエルは肩をすくめた。

「時折は王都に戻れたけれど、基本は遠征に行っていたよ。氷龍の群れが出たんだから仕方がないけど、新婚なんだから氷龍ももっと気を利かせて出現して欲しいよ」

なんでこんなタイミングにとブツブツ言っているが、自然現象である氷龍に文句を言っても仕方がない。

姉妹もそう思ったらしく呆《あき》れた表情だ。

「氷龍がいなくなったらミーシャの仕事がなくなってしまうじゃない」

「そんな正論聞きたくない。それに、氷龍が群れてなければここまで大変じゃなかったんだよ。まず現地に行くまでが雪に阻《はば》まれるし、同じように交代の部隊も遅れる。さらに呼応するように他の地域も氷龍が出現しやすくなるから、きりがなくて」

「バーリン領でも一回だけ氷龍が出たよ。お父様が指揮をとって討伐し終わっているけど」

「二年連続で出るのは珍しいし、討伐が終わってもこの天候だから心配している人も多いみたいね」

氷龍が群れで出現した場所から離れれば影響は少ないけれど、近い場所は呼応するように氷龍が出現し、それによってまたそこから近い場所が雪深くなる。だから一か所氷龍を倒しても中々天候が回復しないのは普通だけれど、氷龍を倒しても通常よりも雪が降り続けるのを見れば心配になって当然だ。

「それは大変でしたね」

「まあ、私達よりも討伐に向かわれたお父様が大変だったのだけれど。私達はとにかく暇だったんだよぉ」

「吹雪いていては外にも行けないし、かといって流石に商人を屋敷に呼べないもの。イーラもそうではなかった？」

倉庫をあさり、ミハエルの幼少期の服を取り出し、ミハエル展をしていたとか、口が裂けても言えない。毎日使用人と一緒に雪かきしていい汗かいていたなんてことも言えない。

私が言葉に詰まったことを敏感に察知した二人が何をしたのかという目で見てくる。えっと、伝えても支障のないことはなんだろう……。

「……そうですね。私も基本的には屋敷にいました」

「そして屋敷の使用人の攻撃力が劇的に上がったね」

「『は？』」

「いえ。そんな。そこまで変わっていないと思います」

他の貴族の屋敷で使用人をするなんてことはせず、大人《おとな》しく家にいましたでまとめようと思っていたのに、ミハエルに頭にもなかったことを言われてしまった。姉妹がぎょっとした顔をしているけれど、私はそれほど変わったことはしていない。

「前に公爵夫人がさらわれた時の訓練をしたけど、イーシャが強すぎてイーシャを倒す訓練になってしまっていただろう？　それが今も続いていてね。さらに暇を持て余しているがために武器開発も始めてしまってさ」

「……武器開発？」

「いや。武器なんておこがましいレベルの護身具です。ほら。私がさらわれるかもという状況ならば共にいる使用人も危険だと思いまして。女性でも簡単に使えるものがないか考えているんです。まだ納得できるようなものはできていませんが」

武器開発なんていうと、とんでもないものを作っているように聞こえるが、そもそもそんなものは作っていない。私が考えているのは、少し逃げる時間を稼ぐ程度のものを想定している。

「というか、いまだにイーラ姉様を倒せていないんだ。私兵団が弱いのか、イーラ姉様が強いのか……。でもイーラ姉様が怪我《けが》するのは嫌だからこのまま圧勝の方がおもしろ――じゃなくて、いいと思うな」

今、絶対面白いと言いかけたよね？

確かに使用人達も若干賭けのようなことを始めているので、周りが面白がっているのは間違いない。

私もどのタイミングで負ければいいのか分からなくなってきている。いや。わざと負けなくてもいいはずだけど、いつまでこの模擬実践を続けたらいいのかなという素朴な疑問だ。しかも勝ち続けている結果、もしも私が人質になってしまったらの練習ができていない。……いいのだろうか？

「折角だから、私も別宅に行ったら、使用人にイーラが何をやっていたか聞いてみるわね」

「私の分もしっかり聞いてきてね。イーラ姉様って、少し秘密主義なところがあるでしょう？」

「えーっと。聞いてもそんなに楽しい話はないと思いますよ。えーっと、ああ。王太子の婚約者とお茶会はしましたけれど」

どうしよう。

聞かれたら使用人はどこまで話してしまうだろう。この冬にやった色々なことが脳裏をよぎる。雪も多く客人が来ないので、使用人以外には誰にも見られないからと、次期公爵夫人らしくないことをしていた気がする。

そもそも次期公爵夫人らしいことって何？　あれ？　私、何をやっておけばよかったの？

「イーラ？　顔色が悪いわ。別に個人的なことを根ほり葉ほり聞いたりしないわよ？　聞かないで欲しいのならやめておくし」

「私も変な冗談を言ってごめんね。それにお姉様は、王都に行ったらエリセイお兄様と沢山デートするからイーラ姉様の冬の様子を細かく調査する暇はないもの。お姉様からはエリセイお兄様との土産《みやげ》話をしてもらうから大丈夫だよ？」

「ちょっと、アセーリャ?!　あ、あのね。デートではなくて、私がしに行くのは結婚式の打ち合わせよ。それに王都にいる友人達ともお茶会を開くし、エーリャとばかり何かするわけではないから」

顔を真っ赤にしながらディアーナが否定すると、アセルとミハエルがにやにやした。

ディアーナの婚約者であるエリセイは王都で武官として働いているので、ディアーナとは久々の再会だ。その逢瀬《おうせ》を邪魔してはいけないとアセルが今回は一緒に行くのを遠慮したぐらいである。間違いなくエリセイはディアーナをデートに誘うだろう。

私も可愛い表情をして慌てるディアーナに表情が緩みかけ気を引き締める。私まで同じような顔をしたらディアーナが拗《す》ねてしまう。

「えっと、ほら。友人達には結婚式に出てもらうから根回しが必要じゃない？　それに衣装合わせをしたり、顔を合わせてエーリャと式の打ち合わせをしないといけないから時間もいるでしょ？　まあ。中々会えなかったのだし、少しぐらい遊びに行くのもやぶさかではないけど。でもエーリャは春の討伐で忙しいでしょうし、迷惑はかけたくないのよ。それにどうせもう少ししたら結婚するのですし」

「エリセイはディディが来るのに合わせて休みを取っていたし、春が遅れているから、春の一斉討伐も遅れているんだ。よっぽどのことがないと職場に呼び出されることはないと思うよ」

「そうだよ。結婚する前のデートと結婚した後のデートは別だもん。折角なんだしこの機会にいっぱい連れて行ってもらおうよ」

デートはしたいけど迷惑をかけたくないというといういじらしいディアーナに、ミハエルとアセルがはっぱをかける。私も思う存分楽しんできて欲しいと思う。

「ご歓談中失礼します。旦那様が若旦那様と若奥様をお呼びです」

玄関先で立ち話を続けていると、執事にそう声をかけられた。着いたらすぐに伺おうと思っていたのに、ついつい長話をしてしまった。

「それなら、私はそろそろ王都に向かうわね」

「はい。足を止めさせてしまってすみません。気を付けて下さい」

「私もイーラと行く前に話せてよかったわ」

「お姉様、いってらっしゃい」

ディアーナは別れの挨拶を済ませると、足早に屋敷を出た。雪道で王都まで時間がかかるから早めに出たいのもあるだろうが、きっとエリセイに少しでも早く会いたいのだろうなと思う。恋する乙女なディアーナは、とても可愛らしい。

「なら私も部屋にいるね。今日は一緒に夕飯を食べるのを楽しみにしているね」

「はい。私も楽しみにしています」

ニコッと笑ってアセルも去ったところで、私とミハエルはそのままバーリン公爵に会いに向かうことになった。

執事が私達の前を歩き案内したのは、公爵の仕事部屋だった。ここは家族でも勝手な立ち入りは禁じられ、私も中に入るのは初めての場所だ。執事は立ち止まると扉をノックした。

「若旦那様と若奥様をお連れしました」

「入りなさい」

ガチャリと開けられた部屋は大きな書棚の置いてある部屋だった。机の上にも書類や本が平積みされている。

そんな机の向こうに、バーリン公爵はいた。

バーリン公爵はミハエルが年を経《へ》たらこうなるのかなという外見の持ち主だ。少しだけ銀髪のボリュームが少ない気はするけれど、体格はミハエルとさほど変わらない。この国の男性は酒が好きなせいか、年を取るとお腹《なか》が出がちだけれどそんなたるみはなく、流石は未来のミハエル様だ。美しい。

「イーシャ？」

「……なんでしょう？」

じっとりとした目線が隣のミハエルから突き刺さり、ほほほほとお嬢様っぽい笑いで誤魔化《ごまか》す。心の中でこっそりミハエル教の使徒としてミハエル様賛美をしていただけなのに、どうして伝わってしまうのか。

「雪道の移動、大変だったね。ソファーに座ってまずは暖まりなさい」

「父上。ちゃんと沢山服を着こんで暖かくしてきていますよ」

「何を言うんだい。女性に冷えは大敵だよ？　いくら服を着こんでも、外も廊下も寒いんだ。手足は冷たくなっていないかい？　もっと奥さんの体をいたわってあげないと」

バーリン公爵の言葉に、ミハエルははっとした顔をし、私の手を握りしめた。大きな手は私の手をすっぽり覆い隠せてしまう。

「ごめんね、イーシャ。気が利かない男で。寒くないかい？」

「大丈夫です。寒くないですから。それに私は、もっと寒い地域出身ですし、体が丈夫なのが取り柄なので、たとえもっと寒くてもまったく問題ないですから」

実家にいた頃は冬なら外で雪かきをするのが当たり前だし、氷の神形を討伐するために雪山に登ったりもしていた。長時間過ごすわけではないのだし、廊下の寒さは、寒いに入らない。

「むしろかなり楽をさせてもらっているせいで、最近体が少し重いと感じるくらいなので」

美味しいご飯が毎食食べられて、身の回りのことを使用人がやってくれているし、薪《まき》をケチったりもしない。こんな贅沢《ぜいたく》な冬を過ごしたのは初めてだ。これ以上甘やかされたら豚になってしまいそうで怖い。

「全然体形は変わっていないと思うよ？　もう少しぐらい太ってもイーシャは可愛いと思うけれど」

「でもあまり体形が変わると、護身術などでも支障が出てきてしまいそうなので、これ以上はちょっと……」

今まで太るなんて体験をしたことがなかったので、体形が変わったことによる体の動きの微妙なずれが最近気になっている。恥ずかしいがここは正直に申告して、身を引き締めるべきだろう。

でも公爵家の料理が美味しすぎるのが辛《つら》い。……せめて野菜を多く食べるように変えよう。

「まあまあ。私も女の子はもっと太ってもいいと思うよ？　西の国の影響で細い方がいいとされるけど、こんなに寒い土地では死んでしまいそうで痛々しく思うんだ。それに寒さ対策は怠けではない、大切なことさ。私は妻が寒さに震えているよりも暖かくにこやかでいてくれる方がずっと幸せだからね。あの愛らしい笑顔はどんな宝石にも勝る」

「俺もイーシャが笑っていてくれる方がいいからね？　イーシャの意思は尊重するけれど、

イーシャももっと自分を大切にして欲しいんだ」

さらりとのろけ始めたバーリン公爵に対抗するようにミハエルも私がどれだけ大事なのかを語り始めようとするので、恥ずかしくてたまらない。

「わ、分かりました。大切にしますから」

私はソファーに座ると、恥ずかしさを誤魔化すように周りを見た。

「それで、あの。そういえば、机の上にランタンがありますが、どちらか行かれるご予定でしたか？」

恥ずかしい話題を変えようと思っていると、机の上のランタンが目についた。取っ手が付いた持ち運び型になっているので部屋で使う用ではないと思う。でも昼間にランタンを持って行くって何処《どこ》だろう？

「ああ。今日二人を呼んだのはこのランタンを見せるためなんだ」

「ランタンを？　このランタン、有名な骨董《こっとう》品とか？」

わざわざランタンのために？

腑《ふ》に落ちないと思ったのは私だけではなかったようで、ミハエルもいぶかし気な表情でたずねている。ちょっと息子の顔が見たいなというのが理由で、このランタンを口実に呼び出した可能性もある。でもそれならどうしてこの部屋で見せるのだろう。

この公爵の仕事部屋は、家族も勝手に入れない場所だったはずだ。

「まあ骨董品ではあるかな。これは私の父の代から長年使われてきた、火の神形の炎を閉じ込めたランタンなんだ」

「火の神形ですか？」

使用人のオリガから公爵領には火の神形がいると聞いたことがあるけれど、まさかその炎を見せられると思わず驚く。火の神形なんてとても希少だろうけれどどうしてそんなものを？とも思う。もしかしてバーリン公爵も神形好きなのだろうか？

つい最近知ったグリンカ子爵の様子が脳裏によぎる。グリンカ子爵がこれを手に入れたら絶対自慢して神形について話し続けるに違いない。

「もしかして……」

私はなぜそんなものを見せられたのか不思議だったが、ミハエルは何か理由に思い当たったらしく、表情を引き締めた。

「このランタンの火はね、時折普通じゃない動きをする時があるんだ。そして、それが火の神形の討伐をしなければならない合図だ」

バーリン公爵領には火の神形がいるけれど、バーリン領に住む一般人はそれ以上のことを知らないと聞いている。……えっ。これ、私が聞いていい話？

「そしてこの方法を知っているのは、私と公爵夫人である最愛の妻の二人だけだ。でもこれからは次期公爵と次期公爵夫人である二人にも知っておいてもらいたい」

そうだ。

私、当事者だった!!

自分が次期公爵夫人であることを忘れがちなため、言われてその立場にいたことを思い出す。ミハエルが次期公爵だということは分かっているのだ。でも自分が次期公爵夫人と言われても、ほとんどそれらしいことをしていないのでうっかり忘れてしまう。

「……イーシャ？」

「い、いえ。その。突然のことで、少し驚いてしまって」

ミハエルから何を考えていたという視線が来ている気がする。大丈夫です。私はちゃんとミハエルの嫁です。その事実だけは忘れていません。というか、ミハエル様、この状況なのに私の顔色も見ているとか、洞察力凄《すご》いですね。流石は神。

「そうだね。突然に感じるよね。これまでにも教えるタイミングはあったわけだから。……とりあえず、教える理由も含めて、まずは順に火の神形について説明させてもらってもいいかな？」

「は、はい。お願いします」

「分かりました」

私達が頷《うなず》くとバーリン公爵は少し真面目《まじめ》な顔をした。

「火の神形というのは、体が燃え盛る火でできていて、水の神形と同様に核《コア》が存在する。でも水の神形とは違って、火の威力が弱くならない限り人間では熱くて触れるどころか近づくこともできない」

　火の神形を私は実際に見たことがない。前に美術館でその絵を見たけれど、それすら想像で描かれたものだと聞いた。だから全身が炎に包まれた神形というのは少し想像しづらい。一体何が燃えているのだろう。

「触れられないのにどうやって倒すんですか？」

「水を長時間かけ続けて弱らせてから槍《やり》で核を貫くという方法を長年とっているよ。できるだけ遠くから攻撃をしたいから弓矢を使うこともあるけれど、命中率の問題で槍の方が使い勝手がいい。炎のせいで核が見づらいからね」

　なるほど熱いから水で炎を小さくさせ、距離を取って攻撃をするのか。槍や弓で攻撃を加えるのならば、体表は氷龍のような硬さはないに違いない。どちらかと言えば水の神形が近いだろう。でも炎の体では、形を保てなくなるような攻撃もできそうにないので、核を貫くしかないのだろう。

「そしてかなり苦戦しながらも倒すわけだが、火の神形を討伐するタイミングはこのランタンで計っている。バーリン領ではこの方法を取り入れたことで昔に比べれば比較的安全に討伐できるようになったんだ」

　どのタイミングで何処に出現するかを事前に知ることができれば、討伐するための対策もとりやすくなるだろう。出現してから必死に討伐をする氷龍と比べると、事前に予測できるということはとても画期的な方法に感じる。

「確か火の神形は不死鳥の形をしているのでしたっけ？」

「そう。バーリン領に出現する火の神形は不死鳥の形をしている。討伐されて残った灰の中から長い時間をかけて再び鳥の形をした火の神形が生まれるんだ。そして不死鳥の形になるとランタンの火が大きくなり金にきらめく。今後その状況が起こった時は一度見てもらいたいと思うから、今は通常の炎も覚えておいて欲しい」

そう言って見せてくれた炎は濃いオレンジ色に黄色が時折見える炎だった。火の神形も同じ色味をしているのだろうか？

それにしても鳥の形の神形か。

鳥の形ということは龍のように空を飛ぶこともあるだろう。言葉だけだと想像しづらいが、中々に厄介《やっかい》な神形な気がする。

「こうやってランタンを使って討伐のタイミングを見る技法は、元は東の島国の【土の神形】の管理方法から、私の父が編み出したらしい。それまで火の神形の管理はとても大変だったと聞いている」

「土の神形ですか？」

火の神形も見たことがないが、土の神形もこの国では出現率が低い神形だ。とはいえ、火の神形のような伝説の部類ではなく、時折土砂崩れなどの災害が起こった時に出現を確認することもある。

「東の島国とは国交を開いていないから詳《くわ》しくは分からないけれど、あちらはとても地震が多い地域で土の神形が多いそうだ。その東の島国と交易がある国を通して色々調べたそうだよ」

「ジシン？」

「地面が揺れる現象だね。大きく揺れると建物が倒壊したり山崩れが起きたりすると聞くよ」

「ああ。最近隣国でもあったね。確かその時の地震によって津波も起きて大変だったようだよ」

地面が揺れると津波が起こる？

あまりピンとこないけれど、そういえば去年の夏に水の神形の【水大烏賊《クラーケン》】が出たことを思い出した。水大烏賊は津波を起こすから王都で避難指示が出るほど大変なものだった。建物を壊す地震とすべてを押し流す津波が同時に起きたらとても恐ろしい規模の災害になりそうだ。

そんな災害がよくあるのならば、東の国が必死に土の神形が管理できるように研究するのも分かる。

土の神形には炎などないので、ランタンの元になった管理方法は分からない。けれどそれのおかげで、炎の神形の出現を事前に知れるランタンができたのはとてもよかった。

「そしてこのランタンをもしも悪意によって壊されたり、偽物とすり替えられたりすれば、バーリン領はとても困ったことになる。だから重要な機密となっていて、公爵と公爵夫人のみが知るようにしていたんだ」

そこでバーリン公爵は姿勢を正し、真《ま》っ直《す》ぐにミハエルを見た。

「私はミハエルにそろそろ公爵としての引継ぎをしていきたいと思い、今回公爵領の重要機密を伝えることに決めた。だからミハエルもそろそろ武官を離れられるように引継ぎを始めていって欲しい」

「えっ？」

バーリン公爵からの言葉に、ミハエルは目を大きく見開いた。

◆◇◆◇◆◇

父から武官を辞めるための準備をするように言われた俺は思った以上に動揺した。元々武官の仕事は公爵を継ぐまでの間のみだと決めていたので、生涯ずっと勤め続けるつもりはない。でも討伐部が研究部と分かれるならできれば研究部には行きたくないけれど、行くことになるんだろうなという未来を当たり前のように想像していた。まさか研究部ができる前に自分が武官を辞めるとは思っていなかった。

「ちょっと待って。もちろん、いつかは父上の跡を継ぐつもりではいたよ？　でも今は王子の

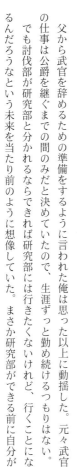

周りが不安定すぎるんだ。王女との結婚も控えているこのタイミングで、公爵嫡男《ちゃくなん》である俺が離れると、余計に不安定になりそうで怖いんだけど」

父には王女が連れ去られる襲撃が王宮で起こったことは伝えていない。しかし近年の王家はとても揺らいでいて危険だということは分かっているはずだ。分かっているから、俺は武官をすることになった。

「それは分かっているさ。昔ほど今の王家に求心力はないからね。だからバーリン公爵家として、王家を支えるために子供達には政略結婚をさせた」

「王家のためですか？」

自分もそう聞いていたので納得だが、イーシャからすると不思議らしく首を傾《かし》げている。親が選んだ相手と政略結婚するのは一般的だ。でも家のためではなく王家のための政略結婚というのはあまり聞かないだろう。

「王家が安定してくれなければ困るわけだから公爵家のためでもあるよ。そしてあまりに相性が悪いならば、伯爵位が相手ならば取りやめることができると踏んでの婚約でもある。公爵家から伯爵家へ大切な娘を嫁がせるんだ。せめて私の娘を守る気のある人物でなければ困る」

その言葉に俺も頷く。

イーシャは階級が上がったので逆パターンだけれど、爵位が違えばそれまでの暮らしと変わり、戸惑うことも多いはずだ。その変化に対して嫌味などの悪意を持って接する人物もいる。

だから俺もできるだけイーシャの声に耳を傾けるように心がけているつもりだ。

だからこそ、もしも自分の妻を守れないような男だったら、嫁がせる気はない。そこだけは絶対条件だ。

「ディアーナの相手はオステルマン伯爵家。爵位こそ伯爵位だが、子供は代々仕官しているため、武官にも文官にも血族が多く、王宮内の情報収集なら彼らの右に出る者はいない。アセルの相手はパラノフ伯爵家。南部に領地を持ち、この国の農業の要でもある家だね」

情報収集と農業の要。爵位が伯爵位でも婚姻で繋がっておきたい一族だ。

「……どちらも凄い伯爵家なのですね。それなのに、ミーシャの婚約者が私で申し訳ありません」

「いやいやいや。俺がイーシャを選んだんだからね。全然申し訳がらなくていいから！」

隣で暗い顔になったイーシャの勘違いを俺は慌てて止める。俺の場合は政略結婚でなく恋愛だけれど、俺はイーシャ以外を妻になんて絶対したくない。それに公爵家を継ぐ代わりに好きな相手との結婚を認められているのだから、そんなことを他者にとやかく言わせる気はさらさらない。

「俺が妻の実家の力をあてにしなければ何もできない男だと思うかい？」

「思いません！　神のごときミハエル様に不可能などあるはずがないじゃないですか！　ただ、私がなんのお力にもなれないことが申し訳ないだけなんです……」

「何を言っているんだい。イーシャがいるだけで俺はなんだってできるし、イーシャに助けられたことも沢山あるよ」

この助けられたが、精神的な意味合いだけではなく、肉体的になのは少々自分が情けなくなるが、でもそれでこそ俺が愛したイーシャだ。

俺はイーシャの手を握り、瞳を覗き込んだ。この美しい瞳に映る人間は俺だけでありたい。じっと見つめているとイーシャはぽぽぽぽっと頬を染めた。なんて可愛いのだろう。

そんなことを思っていると、ごほんと父がわざとらしい咳をした。

その咳のせいでイーシャは弾《はじ》かれたように俺に握られていた手を引っ込める。

「親の目の前でいちゃつくのはいいけれど、イリーナとミハエルの結婚こそ、最大の政略結婚だからね」

「はあ？　イーシャを見つけ出し、イーシャの親を説得し、イーシャと両想いになるために奮闘したのは俺なんだけど。変なことをイーシャに吹き込まないでくれない？」

自分で婚約を承認させ、必死に口説《くど》いて結婚したのだ。イーシャが俺の愛を疑うような変なことを言わないで欲しい。

「確かに政略結婚という言い方は違うね。そうだな。まずこの国の成り立ちなのだけれど、北部にいる伯爵位の者は、元は王家の忠臣だった者の系譜にあたる。氷龍を抑えなければならない厳しいが重要な土地を忠臣の彼らが治めることになった。だが長い時が経《た》ち、あまりに厳しい環境である北部の者との間には溝が生まれ、最近は北部出身で武官や文官を志願する若者も減り、大事な土地のはずなのに、情報が入りにくくなっている」

忠臣？

そういった歴史は習っていないけれど、父がお世辞でイーシャに言っているとはとても思えない。実際今回氷龍の討伐を怠《おこた》ったせいで、国中が大変になったのだから、切り捨てることなどできない大切な土地なのは間違いないのだ。

「そんな中、北部でカラエフ伯爵はかなり影響力が高い。でも領地経営が忙しいと言って引きこもってしまって王都には一切出てこないんだよね。婚姻で近づくためにイリーナへ婚約打診をしようにもあれこれ理由をつけ断られてしまうというか、まず話を聞いてもらうところまで行けない」

「いや。それは本当に貧乏だからかと。借金返済が終わるまで新品のドレス一枚買えなかったので。私は母が若い時に着ていた服を直したり、中古のドレスを買ったりして暮らしていたので舞踏会に出られる状態ではありませんでした」

イーシャは父の言葉をまったく信用していないようだ。確かにイーシャは簡単にドレスが買えるような生活はしていなかったようなので、舞踏会に着ていく服がないというのもあながち間違いではない。

「どうだろうね。カラエフ伯爵は中々に食えない男だからなぁ」

「ええっと、誤解では？」

食えない男発言に、イーシャの顔は困惑している。俺も話したけれど、カラエフ伯爵は食えない男というより気の弱い男という感じだった。

ただし記憶力は異常ともいえる高さを持っていて、神形の知識も多く、カラエフ伯爵の雇っている庭師も普通ではない。だからただ気が弱いだけというのも何か違う感じはする。侮《あなど》っていい相手ではないのだけは確かだ。

「ともかく、本当にお近づきになるとっかかりもなかったのだけれど、ミハエルがまさかイリーナとの結婚承諾をもらってくるとは思わなかったよ。きっとイリーナがミハエルに憧れてくれていたことと、ミハエルが私の事情をまったく知らない状態でイリーナと結婚したいと足を運んだことで折れてくれたんだろうね。ミハエルの強運は凄いね」

確かにイーシャと婚約、結婚できたのは俺にとっても幸運だと思う。いや、そもそも雪祭りで偶然イーシャと踊れて知り合えたのが幸運だった。

でもだからこそ言いたい。

「だったら、少しくらい俺がイーシャと婚約するのを手伝ってくれてもよかったじゃないか」

「何を言うんだい。ミハエルは誰と結婚したいのか、かたくなに言わなかっただろう？　その上で婚約者を探す邪魔はせずに好きなようにさせていたじゃないか。十分な譲歩だと思うけど？」

確かにそうだ。

イーシャが、どこの誰か分からなかったので父に言うこともできず、いろんな場所で使用人として働いているところを見つけてからは、身分差で止められる可能性を考えて言えず、ようやくイーシャがカラエフ領の娘だと知った後は、父に公爵を継ぐのだからせめて好きな人と結婚したいと納得させてカラエフ伯爵に直談判しに行ったのだ。

それがまさか蓋を開けたら父ができれば結婚させたいなと狙っていた相手だなんて誰が気付くだろう。

「それに過去に一度ミハエルの婚約話が出た時は本格的に話が進む前にお断りしたしね。普通なら公爵家の跡取り息子をふらふらさせないものだよ？　私だって妻との婚約はもっとミハエルよりも若い頃に行っている」

「うっ」

父の正論に、俺は胸を押さえた。

間違いなく自由にさせてもらえていたのは確かだ。ただ、イーシャと婚約するまでの道のりがとても大変だっただけで。

「話を戻すけれど、王太子殿下が無事に結婚するのは大切だ。そして今年の冬にまた神形の災害が酷くなればこの国にとって大打撃となる。だから今年一年は安定を図るため今まで通り、武官として誠心誠意仕えなさい。でも一年後にはいつでも辞められるように引継ぎも随時行うように」

「なんで今なのさ」

「……今回氷龍の討伐の指揮を執ったが、私も年齢による衰えを感じたんだよ」

納得がいかない。

そんな気持ちで出た疑問に返ってきた、衰えという単語に俺はかなり動揺した。えっ？　父上が、衰えた？

見た限り病気を患《わずら》っている様子もないし、そんなに年をとったようには見えない。それでも今まで一度たりとも聞いたことのない父の弱音にぎくりとする。

「そんなまだ、元気だろう？」

「うん。元気だよ？　まだまだ美しい妻を置いては逝《い》けないしね。でもまだ何とかなるかな程度に元気なうちに引継ぎをしなければ大変なのはミハエルだ」

動揺をできるだけ隠すようにして衰えを否定すれば、父も分かっているかのように笑った。

確かに体がまったく動かなくなってからでは細かくは教えてもらえないだろう。そう思えば、このタイミングなのは俺のためだ。

「期待しているよ。次期バーリン公爵」

「……分かりました」

武官を辞めるにあたって色々心配なことがあるけれど、俺は頷く以外できそうになかった。

◇◆◇◆◇◆

まさかミハエルが武官を辞める日が来るなんて。

いや、ミハエルは次期バーリン公爵なのだから、いつかは辞めることになるのは私も知っていた。けれどミハエルと言えば、武官の討伐部でキラキラ輝く一等星！　みんなの憧れであり、弱き者を助ける英雄というイメージだ。このイメージは個人の感想であり、皆の感想ではないのは分かっているけれど、ミハエルは武官であるイメージが強かった。

それぐらいミハエルは討伐部で頑張っていたのだ。

もちろんミハエルならば公爵の仕事だって上手《うま》くできると思う。でもできることとやりたいことはまた別の話で、ミハエルは武官の仕事を楽しんでいた。だからこんなに動揺しているのだろう。

「あの、もしもこの後予定がないのでしたら、少し話をしませんか？」

「うん。いいよ？」

使用人にお願いしてサロンにお茶を用意してもらう。

準備が整い、私はお茶を飲んで気分を落ち着かせた。今回聞かされた話は、私も色々動揺することが多かった。

「うわっ。すっぱっ」

「ああ。ちょっと酸っぱいですよねこのヴァレーニエ」

部屋を出た時はどこか難しい顔をしていたのにびっくりした声を上げるミハエルにクスリと笑った。茶菓子のヴァレーニエは甘味が強いものが多いが、これは酸味がきつめのものだ。

「最近気に入っていて、オリガが出してくれるんです」

「へぇ。イーシャってこういう味が好きだったんだね」

私の正面に座っているミハエルはちょんちょんとヴァレーニエをスプーンで突っつき、おそるおそるといった様子で口に入れ、お茶を飲む。

「……突然あんな話をされて驚いたよね？」

少ししてミハエルは改まったように姿勢を正した。そして困ったような笑みを浮かべ私に語りかける。それはミハエル自身にも語りかけているように私には見えた。

「そうですね。ですが私はそこまで生活が変化するわけではないので。むしろミーシャの方が大変ですよね。王太子殿下のこともありますし」

ミハエルは自分が武官を抜けた後の王太子殿下のことを気にしているようだった。事実、ミハエルは王太子殿下から直接命令を受けることも多く、とても信頼されている。

ミハエルと王太子殿下は幼馴染《おさななじみ》で学生時代も一緒に行動していたし、舞踏会などでも一緒にいることが多いイメージだ。

「……俺にとって王子は、ちょっと複雑な立ち位置にいるんだよね。少しだけ昔話を聞いてくれるかい？」

「はい」

ミハエル様のことならばどんなことでも知りたいです！　という信者な私が顔を覗かせそうになるが、同時にミハエルの妻として彼の不安や思いを知りたいと思う。ミハエルが不安になることがあるのならばそれを支えたい。私はそのために結婚したのだ。

「俺と王子……レオニード殿下はイーシャも知っていると思うけれど幼馴染だ。偶然同じ年齢で生まれたから、幼い頃は双子の兄弟のようだったよ。王宮でいたずらする俺達の後ろをディディが『おにいたま、おいてかないでぇ』ってついてきては泣いていたな」

舌足らずな口調をまねてミハエルは笑った。ディアーナが泣く様子が思い浮かばないので、たぶん相当幼い頃の話だろう。アセルが出てこないということは、まだアセルが生まれていないか赤ん坊の頃の話なのかもしれない。

「俺も女の子のディディの相手をするよりレオニード殿下と遊ぶ方が楽しくてさ、ずっと一緒に遊んでいた。でも成長していくと、ある時期から身分が違うと周りに言われることが増えていって、いたずらをすると俺ばかりが怒られるようになったんだ。それどころかレオニード殿下がしたことに対する尻ぬぐいも俺に回ってくるようになって、徐々に一緒にいるのが嫌になった」

　それはいつ頃の話なのだろう。私が知っているミハエルは学生時代も王太子殿下とはまるでご兄弟のように仲がいいと有名だったし、二人の会話を隣で聞いた時は気の置けない仲のように感じた。

「イーシャと出会ったのが丁度《ちょうど》それぐらいかな。王宮で悪さすると怒られるから、公爵領に戻ってきた時は羽を伸ばして沢山いたずらしたんだ。雪祭りで踊るというのもその一つだね。皆がぎょっと驚くのが楽しくて」

　どうやらどれだけ怒られても、いたずらをやめるという選択肢はなかったらしい。流石はミハエル様だ。常人とは違う。

「それでも公爵家として王家と距離をとるわけにはいかなくてね。だから線引きをしたんだ。レオニードと名前呼びをやめて、【王子】という役柄で呼んで、俺は【王子と兄弟のように仲がいい公爵家嫡男】を演じた。まあある程度は素なんだけど、演技なんだと思えば少しは溜飲《りゅういん》も下がってね。それ以来俺は彼の名前を呼んでいない」

「でも今はとても心配されるくらい仲がいいんですよね？」

　先ほどバーリン公爵に言われた時の動揺も自分の生活が変わることではなく、王太子殿下を心配してのものだった。あれが演技だとは、長年ミハエルを見続けた私には思えない。

「うん。そうだね。今も王子呼びしているのは、今更直すのが恥ずかしいというのもあるかな」

ミハエルは苦笑しながら恥ずかし気に頬を掻《か》いた。

「王子とずっと一緒にいると、彼の肩に乗っている重いものが見えてきたんだよ。俺はそれなりに自由だけど、あいつには自由なんてほぼなくて、ガタガタになったこの国を何とかしてまとめないといけない義務に縛られていた。まとめることができなければ自分だけではなく大勢が悲しむ結末が待っているからね。泣き言一つ言えず、王子は侮られないように、足元をすくわれないように笑い続けていなければいけない。そんな姿をずっと横で見てきたら同情もするし、少しは支えてやりたいと思ってしまったんだよな」

ミハエルはどこか遠い目をした。

理不尽な身分差に腹を立てていることも忘れるぐらい、きっとミハエルが隣で見てきた王太子の人生は大変だったのだろう。

「それでついつい手を貸してしまって、気が付いたら今みたいな関係さ。あいつも俺の心情を分かった上で俺に命令している強《したた》かな奴《やつ》だから、本当は全然同情する必要もないんだろうけど。でも王子の母親が他界して後《うし》ろ盾《だて》が弱くなっている上に、現在の王妃である後妻が生んだ五歳の姫と三歳の王子を支えようと思えないとなると、やっぱり王子に手を貸すしかないかなと思うんだよ」

貧乏な伯爵家の私は明日のご飯に悩むということはあっても、周りに足をすくわれないように常に警戒するなどの緊張感に見舞われることはこれまでなかった。きっと王太子の苦しみはずっと見てきたミハエルにしか分からない。

「ずっとさ、いつまでも今のようなことはできなくて、手を引かなければいけないことは分かっていて、王子にもさんざん言っていたんだ。でも口先だけだったなって父上に言われて気付いたよ。俺はこの先もずっと武官として王子を支える未来しか考えていなかったんだなって。だから、少し動揺してしまったみたいだ」

私のミハエル教のように、それがミハエルの生き方だったんだろう。長年積み重ねてきた生き方からそれるのは、知った道から、先がよく見えない知らない道に入るようなものだ。わくわくすることもあれば、不安や恐怖を感じることもあるだろう。

「もっと前から分かっていたことなのに、今更動揺するとか情けないよね」

「そんなわけありません」

珍しく弱気な発言を私は間髪入れずに否定した。新しいことに恐怖をまったく感じない人よりも、恐怖してもよく考えて立ち向かえる人が強い人だ。

「私は隠さず教えてくれて嬉しかったです。これまでは王太子殿下の直属の部下のように支えていましたが、これからは立場を公爵に変えて王太子殿下を支えるんですよね？　何もかもが変わるわけではないですし、それに公爵として支えるのなら、私も公爵夫人としてミーシャを支えられます。だからどんともたれかかって下さい。そのために私は妻になったんですよ？」

ミハエルを一番近い位置で守れる素敵な仕事だとミハエルに勧誘されて、婚約を承諾したのだ。守るのは体だけでなく、心もだ。

「……ソファーでお茶をすればよかったと今すごく後悔している」

「へ？」

「もしくは俺の部屋でお茶を準備してもらえばよかった。なんでそんなにイーシャはかっこよくて可愛いの!!　抱きしめたくなるじゃないか!!　もう、これ以上イーシャを好きにさせてどうする気!?」

いや、どうと言われても。

直球でかっこいいやら可愛いやら抱きしめたいやら言われて、私もミハエルの赤くなった顔が伝染するかのように赤くなっているだろう。

「あああ、あの。その」

「夜は覚悟してよね？」

なんですかその顔は!!

頬を赤く染めたミハエルの色気に、あーあーあーと叫びながら顔を覆ってベッドの上でゴロゴロしたくなる。

「いや、その。えっと……分かりましたが、あの、恥ずかしいので……。そ、そうだ。その。ミーシャは火の神形を見たことはありますか？　私はついこの間まで本当にいるとは思っていなくて」

恥ずかしくなった私はひとまず話題を変えた。

ミハエルも今は見逃してくれるらしく、少し姿勢を正した。

「一度だけ見たことがあるよ。父が私兵団を率いて討伐に向かった時にこっそり後をつけて覗いていたんだ」

「どうでした？」

「見つからないようにしていたから、かなり遠くて、よく見えなかったんだよね。赤く燃えているぐらいは見えたけど。でも討伐している大人はみんな真剣で、とてもかっこよかったのは覚えている」

子供のミハエルの目にはきっと討伐する大人がとても強く憧れるものに見えたのだろう。思い返すミハエルの目がどこかキラキラしている。

「さっき見せてもらった件は、今まで本当に知らなかったんだ。たぶん結婚したことで、本格的に次期公爵に内定したんだろうね。嫡男が爵位を継ぐのが普通だけど、あまりに俺が不出来なら妹に譲るというのも考えていただろうから」

血筋を優先するという観点から、祖父母の時代ぐらいから女性でも爵位を継げるようになった。その結果女性しか子供がいない場合は、母の友人であるイザベラ様のように女性伯爵になる場合もある。でも女性が継ぐ割合は少ないし、嫡男がいるのに継ぐ場合は、女性が優秀というよりは嫡男に何らかの問題がある場合だけだ。

「今回世代交代を正式に告げたのは、さっき聞いた通り、やはり氷龍の討伐時に自分の衰えを感じたからではないでしょうか？　討伐は肉体的にも精神的にも大変ですから、周りの足を引っ張る前に引退を考えると思います。そして私はずっとミハエル様を見てきた上で、公爵は今日よりもずっと前からミーシャを次期公爵として扱っていたと思いますよ？」

私はミハエルが私と婚約するよりもずっと昔からミハエルが次期公爵だと思っていた。それは嫡男だからというわけではなく、ミハエルに対する扱いが、すべて次期公爵としてだったからだ。

きっとミハエルが公爵を継ぐのもずっと先の未来ではない。そんなミハエルに対して私は何ができるだろう。

「ミーシャが公爵となった時、私も公爵夫人として神形の討伐に参加できるようにしておきたいです」

「別に討伐は公爵夫人の仕事ではないけれど、イーシャはしたいんだね？」

「はい。もちろん私兵団の仕事をとりあげようとかは思っていないですし、毎回討伐に参加させろというわけではないですよ？　ただ、夫婦で火の神形について覚えておくということは、もしもの時は私も采配が取れるようにしておいた方がいいということではないでしょうか？」

もしもということはミハエルの身に何か起きたか、同時に別の大型の神形が出てしまったかなので、そんなもしもは起こって欲しくない。でも備えておくというのは大切だと思う。討伐に絶対大丈夫はないというのは常識だ。

「うーん。夫婦で知っておくのは、もしも俺の身に何かあっても、次代に伝えるためだとは思うけれどね」

「あっ。なるほど」

「母上に討伐は無理だからね」

確かにバーリン公爵夫人はおっとりとしたお嬢様な雰囲気の方で、討伐などをやるような方には見えない。そもそも、貴族女性で討伐をする方が珍しいというのは、この間の女性武官候補者と話した時に実感した。

「でも確かにイーシャになら、もしもの時お願いできそうだね」

「はい。ミーシャの背を守るのは私ですから」

「なら俺はイーシャを守らないとね」

次期バーリン公爵に守ってもらえるとか贅沢すぎではないだろうか？　でもここは受けておかなければ絶対拗ねるのでありがたくその言葉をもらっておく。

「でもそのためには、ちゃんと鍛錬しないとですね」

「今で十分だと思うけど。俺が遠征に行っている間も、私兵団と暗殺者ごっこやっていたんだろう？」

「……あれ、いつやめるべきですかね？」

訓練のはずなのに、いつの間にか遊びのようになっている。いや、私兵団の方はいたって真剣に失敗しているのだけど。……それもそれでどうなのかという話ではあるのだが。

「楽しいなら続けていればいいんじゃないかな？　公爵夫人を守る上で、公爵夫人の動きを覚えておいて損はない。ただイーシャは十分頑張っているというか、頑張りすぎていると思うな」

「いや。さっきも話したんですけれど、本当に最近少し太ってしまったみたいで体が重いんです。たぶん公爵家の料理が美味しすぎるせいで……。いえ。お残しできない私も悪いので、動く方で調節したいんですよね」

カラエフ領でのご飯は、春まで食料を持たせなければと計算して作るので、それほど多くない。その上で、雪かきや家事、神形の討伐をしていたのだ。

それなのにこの冬、私は家にいてばかりで山登り一つせず、美味しいご飯をお腹いっぱい食べていた。その結果が現在である。

「俺はさっきも言った通り、少しふっくらしたイーシャも柔らかくていいと思うけど」

「……たぶんその感覚って、女性と男性で違うと思うんです。コルセットにかける女性の情熱を思うと。でもそうでなくても、動きが阻害される贅肉《ぜいにく》はいらないんですけど」

『ミハエル様の敵を撲滅《ぼくめつ》し体術』ができなくなるほど太ったらまずい。増え始めた今こそ、これ以上の堕落を阻止するべきだ。

私は誰に何と言われようと、初心のミハエル様を守りたいが実行できるように、鍛えなおそうと決意した。

二章：出稼ぎ令嬢の過去のお仕事

初心を忘れず鍛えなおそうと決めた私は公爵家に着いた翌日からしっかりと基礎体力作りを始めた。元々日課になっていたランニングだ。

個人的には雪かきでもいいのだけれど、公爵家の庭は臨時の使用人によって除雪されている。流石《さすが》にここで次期公爵夫人が使用人に交じって雪かきをするのはよくないのは分かる。

「イーシャって、思ったより沢山《たくさん》走るんだね」

「そうですか？　たぶん、武官の訓練の方が走りますよね？」

久々に少し汗ばむぐらい沢山走れた気がするが、一緒にミハエルも走ると言ったので、少しだけ加減している。乙女としては、話せなくなるぐらい息切れした見苦しい姿は見せられない。

後でこっそり筋トレをしよう。

「それはそうだけど、新人だとこれぐらい走っただけで、息切れも酷《ひど》くなっているからね。あの速さであれだけの距離を走って息切れなしかぁ」

ミハエルが遠い目をしている。なんだか可憐《かれん》さからほど遠くてすみません。

何といっても昔から丈夫さだけが取り柄なのだ。この程度はまったく問題がない。神形《みかたち》の討伐のために雪山だって沢山の荷物を持って登るのだ。この程度でばてるようなら、まだまだ鍛え方が足りないと思う。

「でも、疲れていないならいいよ。今日はこの後、雪祭りを見て回るからね」

「はい。楽しみです」

昨日から始まっている雪祭りに、今日は私も参加し、雪人形コンテストの審査員をやることになっているのだ。

去年私の提案で氷龍《アイスドラゴン》の形をした雪人形を飾る際に、一般人も参加して楽しんでもらえるように始めたものだ。去年は公爵が賞を選んでいたが、それなりに参加人数がいた。そのため今年は公爵家全員でそれぞれ選ぶ形に変えた。ディアーナは昨日の時点で選び終わっているので、ちゃんと全員だ。

「折角《せっかく》雪人形を審査するのに疲れていたら楽しめないからね。お祭りなんだから全力で楽しまないと」

「そうですね」

そんな話をしてやってきた雪祭りのメインステージには、今年も大きな氷龍を模した雪人形が飾られていた。去年とはまた形が少し違う。

「今年も氷龍なんですね」

「バーリン領では雪人形に慣れていないからね」

元々はそこまで豪雪地帯ではないバーリン領で雪人形と言えば、丸くした球を三段積み上げるのが一般的だ。こういった像の形にするのは雪しかないカラエフ領のような地域だけである。冬はやれることが少ない上に雪かきばかりでは飽きるので、子供が好きな形にして遊ぶ文化が発展したのだ。

「来年は人型とかもいいかもしれませんね。雪の精霊とか」

私は昔ミハエルが雪の精霊を模して舞台で踊った姿を思い出し、ほうとため息をついた。いい。是非提案しておこう。

「……春の精霊とかいいかもしれないね」

「いえ。ここは知名度の高い雪の精霊で」

そもそも春の精霊は造語だ。ミハエルが昔の私を、記憶を頼りに描かせた絵に付けられた名前である。そんなものを作っても誰も喜ばないし首を傾《かし》げられるだけだ。ここはやはり幼いミハエルの姿をした雪の精霊一択だろう。

「ならこうやってくっついた二人の精霊はどう？」

ミハエルは私と腕を組むようにして密着した。ミハエルが近すぎて、急激に体温が上がり慌てたがミハエルは笑うばかりだ。

「えっと。それだと、その。ディアーナとアセルが拗《す》ねるかと……」

「えー。俺とイーシャじゃなくて、雪の精霊と春の精霊なのだから拗ねる要素はないのに」

私から言い出したことだけれど、何とか私の像を作られるのを回避しようとするが、ミハエルは分かっていて屁理屈《へりくつ》を言う。

「……雪が解けると春が来るのだから雪と春だと出会えるのは一瞬ということになりますね。まあ、確かに幼い頃の私達の邂逅《かいこう》は一瞬でしたけど」

十一年前に、一度ダンスを一緒に踊っただけで、それから十年。お互い思いあってはいたけれどずっと会話もなかった。

「一瞬……。縁起が悪いからやめよう。これから俺とイーシャは死ぬまで一緒にいるんだしね」

縁起が悪いって、やっぱり春の精霊は私の像ですね。分かっていましたけど。

とりあえず自分の像がメインステージで大きく飾られるなんて恥をさらさなくて済んでほっとする。そんなものが飾られた日には次期公爵夫人は自己顕示欲が高いと噂《うわさ》されてしまう。それだとミハエルにも同様のことが言えるのではとなるが、ミハエル様は神様枠なので問題ない。むしろご利益《りやく》がありそうだ。

町中に飾られた一般人の雪人形も三段ではないものが一気に増えた。去年の氷龍の雪像がとても印象に残ったのだろう。

「ミハエル様、少しよろしいでしょうか?」

二人でゆっくりと見て回っていると、私兵団の人に声をかけられた。

「イーシャごめん。ちょっと待っていてくれる？」

「はい。大丈夫です」

ミハエルは申し訳ないような顔をしたが、彼を支えていきたいと再度気合を入れたばかりなのだから、こういう時はお仕事を優先してもらって構わない。もしかしたら不審人物の目撃や神形の発生など緊急の話かもしれないのだ。

「私ももっとミーシャのお役に立てるように頑張らないと」

離れていったミハエルの背を見送りながら私は独《ひと》り言《ご》ちる。

とはいえ、今できることは特別賞を選ぶぐらいだ。暇《ひま》なので一人でゆっくり足を進めて見ていく。どれも上手《じょうず》だなと思っていると雪人形の中に、氷像が一つあった。雪人形ではないが、美しい白鳥の形をしており、まったく見劣りはしない。むしろバーリン領は去年と今年だけ異様に雪が多いだけで、本来はカラエフ領と違いそこまで雪が多いわけではない土地だ。だとしたら雪が少ない時は、こういった氷の人形を飾るのもありかもしれない。

「この氷像にしようかな……」

雪人形ではないので一応ミハエルにもお伺いするが、このアイディアはいい気がする。ただし子供が氷像を作るのは難しいので、今後を見据えると子供と大人をわけてやるのもありだろうか？　もしくは氷像と雪人形で分けるとか？　でも氷はこのあたりでは簡単に手に入れられるのだろうか？　できるだけ、誰でも参加しやすくしたいけれど。

「イリーナ？」

氷像を見ながらイベントのやり方について考えていると、ミハエルとは違う高い女性の声で名前を呼ばれた。

奥様や次期公爵夫人どころか、敬称もない呼び方に疑問を覚え振り返ると、そこにはふわふわした鼠《ねずみ》色の帽子をかぶった女性がいた。エメラルドグリーンの瞳の穏やかそうな顔立ちの人物だ。目元の泣き黒子《ぼくろ》を見た瞬間、ふと記憶が繋《つな》がった。

「……ヴィクトリアお嬢様？」

「本当に、イリーナなのね！　とても美人に成長して見違えたわ‼」

「ご無沙汰しております」

すごく嬉《うれ》しそうな笑みを浮かべたヴィクトリアは、私の近くまで来て微笑《ほほえ》んだ。昔は下ろしていたダークブラウンの髪を綺麗《きれい》に結い上げている姿はお嬢様ではなく奥様という方がしっくりくる。実際ご結婚されていたはずだ。たしか――。

「お嬢様は里帰りですか？」

彼女は私が仕事を辞めてから異国に嫁いでいたはずだと記憶を掘り起こす。彼女の近くには傍仕《そばづか》えの女性が一緒にいた。一応一人で歩き回っていたわけではないようだ。

「お嬢様って、もうそんな年齢じゃないし、名前で呼んでちょうだい。イリーナが言う通り、ちょっと里帰りで帰国していたの。折角だからバーリン領の雪祭りを見に来たのよ。イリーナも観光？　もしかしたらミハエル様を一目見ることができるかもしれないものね。あっ、それともとうとうバーリン公爵家で奉公しているの？」

……なんと伝えるべきか。

私は完璧《かんぺき》に勘違いされている状況に顔が引きつる。彼女の中に私がミハエルと結婚しているという選択肢はない。その理由も心当たりしかないので、説明がしづらい状況だ。

「あー、まあ、観光というよりは奉公に近いと言いますか……」

ヴィクトリアとの出会いは、彼女の実家に出稼ぎをした時だ。通常は貴族のご令嬢に顔を覚えられるような仕事が私に回ってくることはない。しかし色々な偶然により、彼女の傍仕えのような仕事を一時期していたことがあった。そのせいで顔を覚えられてしまったのだ。

さらに私がミハエル様の信者であることもその時に知られてしまっているので、彼女の想像はそこからきている。

彼女自身は異国に嫁いでおり、本来ならば会う機会はない。だが、事実をそのまま伝えてもいいものだろうか？　ヴィクトリアの実家で働いた時は、いつも通り伯爵家長女ではなく商人の子供という設定でイザベラ様を後見として雇ってもらっていたのだ。つまりは身分を詐称していたということである。

「奉公に近いということは、今も正規としては働いていないのね。それでもバーリン公爵家にまで臨時で働きに出るようになるなんて、イリーナは相変わらずのミハエル様狂いなのね。全然ぶれていないから、逆に安心するわ」

「あは、あははは……」

ミハエル狂いも間違っていない。そして正規職員でないのも嘘《うそ》ではない。

でも絶対ヴィクトリアは私がミハエルと結婚したなんて想像もしないだろう。商人の娘が次期公爵と結婚とか普通はあり得ない。

このまま勘違いしていてもらって別れるというのも手ではあるが、私の部屋で長年信仰させていただいた宗教画もといい、ミハエルの姿絵は彼女からもらったものだ。つまり彼女の実家はバーリン公爵家と親しい間柄なはずなのだ。もしも彼女がバーリン公爵家にやってくる用事があったとしたら？　どう考えてもバレる未来しか思いつかない。そしてそのバレ方はあまりいい状況ではないだろう。

えっ。これって、絶対ミハエルに迷惑をかけるパターンじゃ？

ヴィクトリアがこの先この国でお茶会をする可能性は大いにある。折角里帰りしたのならば知り合いと昔話に花を咲かせたいだろう。でも私が詐称《さしょう》していたことを知って怒りに任せたヴィクトリアが、ミハエルの結婚相手が若い頃は身分を偽り出稼ぎしていたということを言いふらしてしまったら？

さあああああっと血の気が引いていく。

「イリーナ、大丈夫？　顔色が悪いわ。体力があるイリーナの顔色が悪いなんて相当よ？　もしかしてバーリン公爵家で働きたいがために無理をしているのではない？　それとも何か職場で問題があるの？　もしも私で力になれることなら言ってちょうだい？」

「いえ。無理はしていませんが……」

どう事実を伝えた上で黙ってもらおうか。私は彼女を騙《だま》しているのだ。先に仕事の斡旋《あっせん》をして下さっていたイザベラ様にもご連絡するべきだろうか？　いや、この先ヴィクトリアとまた会えるとは限らないわけで、誤解を解くなら今しかない――。

「イーシャ、お待たせ」

ぐるぐるぐると考えていると、タイミングよくというか、タイミング悪くというか、ミハエルが現れた。そしてヴィクトリアを見た瞬間、ミハエルは流れるような動作で私の肩を抱いた。やきもち焼きのミハエルだ。貴族令嬢がいれば、距離が近いところを見せつけるのは当然ともいえる。

しかし事前情報のないヴィクトリアはその姿を見た瞬間大きく目を見開いた。

ああああ。最悪な形で私が騙していたことがバレてしまった瞬間だ。

「あ、あ、あの、あのですね」

うまく言葉が出てこない。

さっさと実はカラエフ伯爵の娘で、貧乏すぎるから出稼ぎをしていたけれど、外聞が悪いので内緒にしていたと伝えればよかった。そうすればこんな他者にバラされるようなバレ方はしなかったのに。

「そう。そういうことなのね」

「ええっと。あの、申し訳ございません」

嘘をついていたのは全面的に私が悪い。

私はとっさに謝ったが、ヴィクトリアは首を横に振った。

「そんな事情なら、こんな場所で大声では言えないのは仕方がないわ。でもね、イリーナ。こんなことは長く続けられないわ」

「はい」

やはり出稼ぎをしていたということを隠し続けるのは難しいか。私の外聞は別に気にしないけれど、ミハエルや公爵家の皆様に迷惑をかけてしまうのが申し訳ない。きっとミハエルに別れるべきだと言ってくる人もいるだろう。

「イリーナ、私と一緒に来ない？」

「え？　どちらまででしょう？」

唐突のお誘いに、私は首を傾げた。

騙していたことがバレて、でも気を使ってもらってからの、移動の誘い。別の場所で話しましょうということだろうか？　確かに道端で立ち話するような内容ではない。

「もちろん私の嫁ぎ先までよ。実家でもいいけど、それだと私の力では守ってあげられないわ。

異国で生活するのは大変だけれど、慣れると楽しいわよ？　それに私も同郷のイリーナが一緒に来てくれたら心強いし」

「はあ?!」

唐突な誘いが、まさかのヴィクトリアの嫁ぎ先で、私が驚きの声を上げる前にミハエルが大声を出した。

「どういうつもりだい？　俺はイーシャと離れる気はないよ?!」

「どういうつもりは、私の言葉ですけれど？　一体どういうつもりですの？　イリーナの幸せを考えれば、ここは手を放すべきでしょう？　私のイリーナの信仰心の高さに付け込むなんて最低ですわ。見損ないました」

ミハエルの抗議に対して、ヴィクトリアも怒りの表情を見せる。えっ？　なんでヴィクトリアが怒っているのだろう？

「確かに最初は信仰心に付け込んだかもしれない。でも俺はイーシャを愛しているし、イーシャも俺を愛している」

「愛ですって?!　だったらなおさら手放すべきでしょう？　貴方《あなた》ではイリーナを幸せにできないわ。しかもこんな公衆の面前で愛称呼びなんて、恥を知りなさい！　貴方はよくてもイリーナの人生も考えてあげてちょうだい」

「ふざけるな！　愛し合う二人を引き裂くのは神も許さない所業だ！」

……一体、何が起こっているのだろう。

二人の会話は一見あっている。でも、何かが根本的に間違っている気がする。特にヴィクトリアは私がミハエルの妻で次期公爵夫人になったことに気が付いた感じではない。

むしろ連れていくというのが使用人としてなら……えっ？　もしかして、私は今ミハエルの愛人って思われている？

確かに私は公爵夫人という柄ではないし、身分を誤認していてミハエルが妙になれなれしく肩を抱くところを見れば、とんでもない勘違いに発展してもおかしくはない。今着ているコートも使用人が着るものよりずっといいものだし、愛人としてミハエルに貢《みつ》がれていると思われた可能性が高い。

先ほどとは違う意味で血の気が引く。

「あ、あの。すみません。これは、たぶんこういう場所で話す内容ではないと思いますので、よろしければ場所を移しませんか？」

徐々に声が大きくなっていくヴィクトリアとミハエルを見て、私は慌てて二人の間に入る。これは駄目《だめ》だ。そしてヴィクトリアが沢山の人の目がある人通りの多いところで愛人という言葉を叫ぶ前に場所を移すことを提案した。

◆◇◆◇◆◇

突然現れた女性が、俺の最愛の妻を誘惑してきた件について。

俺は絶対取られないようにイーシャを抱きしめながら移動する。というかこんな不届き者、なぜ我が家に連れて行かないといけないのか。正直不敬だと言って牢獄《ろうごく》にぶち込みたいぐらい腹立たしい。

ただイーシャを誘惑する彼女には見覚えがあった。コーネフ侯爵のところの長女ではなかっただろうか？　確か名前は、ヴィクトリアで、俺より一歳か二歳ほど年上だったと思う。数年前に結婚して異国に嫁いだことを聞いたような覚えがある。

とはいえ、俺と彼女の間では舞踏会で顔を合わせれば挨拶《あいさつ》をする程度で特に仲がいいというわけではない。イーシャと彼女はどういう関係だろうか？

もしかして今俺が目を離したあの短時間でイーシャが何かして彼女に気に入られたとか？それで自分の国に連れ帰ろうとしている？

エミリア王女のような件もあるのだから、絶対ないとは言い切れない。イーシャならどんな超現象が起きても不思議ではない。でも俺ではイーシャを幸せにできないとかどういう了見だろうか？　公爵家の跡取りに全力で喧嘩《けんか》を売ってくるとか、戦争したいとでも言いたいのか。

イーシャの提案でお茶をするための場が公爵家で設けられたが、正直彼女にお茶を出すのすら腹立たしい。

「寒かったですよね？　体を温めて、落ち着いて話しましょう」

「俺には話し合う必要も感じられないけれどね。人の恋路の邪魔《じゃま》をする奴《やつ》は馬に蹴られるのが世の常だと思わないかい？」

「あら？　結婚されたばかりだとお聞きしたのだけれど？」

「そうだよ。結婚したばかりなのに、どういうつもりだ？」

俺がイーシャと結婚していることは知っているようだ。知っていて、俺からイーシャを引き剥《は》がそうとか許しがたい暴挙である。俺は態度悪く、足を組んだ。身分差的にも彼女がどうこういう資格などない。

「……この国で政略結婚が普通なのは分かっておりますわ。私もそうやって嫁いだのですから。でも私の恩人が不幸になるのを黙って見ている趣味はございませんの」

「政略結婚？　誰から何を聞いたのか知らないけれど、俺達はちゃんと愛し合って結婚しているけれど？」

そういえば父が、カラエフ領の長女であるイーシャと結婚したのは公爵家にとって最適だったという話をしていた。その上俺も結婚するにあたり、カラエフ領に融資をする話を通している。もしかしたら貴族同士の噂で、この結婚はお金が絡《から》んだ政略結婚だと思われ、イーシャは無理やり娶《めと》られたと思われているのかもしれない。

弁明してみたが、彼女からは鬼畜でも見たような眼を向けられた。普通なら愛し合っていると言えば、そこまで悪い感情を向けられはしないはずなのに。あまりに想定外の事態に悪いのは俺ではないはずなのにギョッとする。

「へえ。愛しているとおっしゃられているのに、イリーナに対してそういう態度をとっておりますの……」

「そういう態度？」

彼女の前で見せた態度って何のことだ？

愛しているのだからイーシャの肩や腰を抱く態度は当たり前だ。むしろ旦那の特権だろう？父上も普通にやっているし、マナー違反な好意ではなかったはずだ。

「愛人を持つことに関してどういうお考えなんでしょう？」

「愛人⁈　愛人なんて持つはずがない！」

「はあ⁈」

ヴィクトリアは貴族の婦人とは思えないドスの効いた声を出した。俺を見る目はウジ虫を見る目だ。人間を見る目じゃない。

その様子に、イーシャがあわあわと震えた。

「申し訳ありません！　あの。私が至らないばかりに、ヴィクトリア様にとんでもない勘違いをさせてしまっておりまして。あの、この件は全面的に私が悪いんです」

「……一体、彼女に何を話したんだい？　まさか、また俺に愛人がいても大丈夫的な話をしたんじゃないよね？」

最近は言わなくなったが、去年の今頃は、イーシャは俺がいつかはイーシャに飽きて愛人を持つ可能性があると考えていた。まさかそれを言って勘違いさせたのだろうか？　……いや？　それにしては、愛人を持たないと言っているのに反応がおかしい。

「いいえ。今はミーシャに飽きられないようにいい女を目指しておりますので、愛人を持たれることは嫌ですしそんなことは言っていないです。というより何を話したではなく、何も話していないためにこんなことになっているんです……申し訳ございません」

話していないから？

よく分からなくて首を傾げれば、ヴィクトリアも首を傾げた。

「……愛人扱いもしていないのに、イリーナに略称を許していらっしゃるの？」

「愛人扱い?!　はあ?!　なんで奥さんを愛人扱いしなくてはいけないんだい？　神がたとえ許したとしても、俺は絶対離婚しないからね！　イーシャとは死ぬまで離れる気はないからね!!」

「奥さん?!」

イーシャを奥さんと呼べば、ヴィクトリアはギョッとした顔をした。

えっ？　何で？

「えっ？　商人の娘とどうして？　貴方、カラエフ伯爵家のご令嬢と結婚したのではないの？」

「ん？　商人？　何のことだい？　俺はカラエフ伯爵家の長女であるイリーナと結婚したよ？」

俺はようやくヴィクトリアと会話が噛《か》み合っていないことに気が付いた。そしてひたすら申し訳なさそうな顔をしているイーシャを見て、気が付く。

「イーシャ、もしかして彼女はイリーナが旧姓イリーナ・イヴァノヴナ・カラエフだと知らないのかい？」

「はっ？!　嘘っ!?　え？　イリーナが、カラエフ伯爵家のご令嬢？　なんで？　えっ？　うちで働いて？　えっ？　養子？　えっ？」

貴族夫人とも思えない、顎《あご》が外れるのではないかという驚き方からして、本当に知らなかったのだろう。大きく目を見開いてイーシャを凝視している。

「すみません。養子ではなく実子です。身分を隠して出稼ぎしておりました!!」

イーシャの叫ぶような謝罪を聞いて、ようやく腑《ふ》に落ちた。

彼女はイーシャがカラエフ伯爵の娘だと知らず、ただの商人の娘だと思っていたのだろう。そしてただの商人の娘が伯爵令嬢と結婚したばかりの公爵家子息と仲良くしているとか、あまりに茨の道すぎる。

「嘘でしょ?!　つまり私はカラエフ伯爵家のご令嬢に、護衛任務をかねた傍仕え業務させてしまったってこと⁈」

「はあ⁈　護衛任務⁈」

とんでもない単語に俺も叫んだ。

イーシャが昔やっていたのはどれも短期の仕事だ。傍仕え業務など普通は長期的に働ける信頼のおける者に任せる。それなのに短期のイーシャにあえて頼むとかあり得ない。何が起これば、そんな意味不明な状況になるというのか。

「あの、以前ミーシャにもお話ししたと思いますが、傍仕えのまねごとをしたというのが、ヴィクトリア様に対してだったんです」

「ああ。そういえばそんな話をしていたことがあったね。……もしかして、俺の姿絵をもらったという？」

「そうです」

俺の言葉にイーシャは頷《うなず》いた。

確かに聞いた覚えがある。あの時イーシャは傍仕えのまねごとをしていたと言い、護衛も兼務して色々同僚に教えてもらったと言っていた。言っていたけれど、あの時はどこか現実味がなかったのだ。

実際に護衛された対象が現れて、その時のイーシャの危うさを感じるというか――。

「待って。それ、何歳の時の話⁈」

いつ？　えっ？　ちょっと計算ができないんだけど？

イーシャがヴィクトリアの傍仕えをしたということは、彼女がまだ嫁いでいない頃の話だ。ヴィクトリアが嫁ぎ異国へ向かったのは成人してすぐ。ヴィクトリアとイーシャの年齢差を考えると……。

「えっと。確か十二歳ぐらいだった気がします」

十二歳?!

あまりの強烈な単語に気が遠くなりそうになる。いや。俺だけじゃない。ヴィクトリアも血の気を失い、気が遠くなっているような顔をしている。

十二歳の伯爵家令嬢がやっていい仕事ではない。いや。そもそも、十二歳が護衛をしているという時点で頭がおかしい。いや、イーシャの頭はおかしくない。そんなはずはない。イーシャを否定する世間が間違っている。それでも、なんでそんな幼い頃に、そんな危険なことをしているのか。

「そ、そうよね。私が十七歳になったばかりだったはずだから、イリーナはそれぐらいよね……。なんで引き受けてしまっているの?!」

顔を青くするヴィクトリアは俺と同じことを思ったようだ。

護衛任務なんてとても危険だ。普通は子供が引き受けないというか引き受けられる技量もないのだけど、どうして引き受けている？　頼む方も頼む方だけど！

「あー。護衛をするだけでミハエル様の姿絵をもらえると思えば、自分の命を懸けるぐらいなんてことないと言いますか……」

「やめて。俺の姿絵に命を懸けないでっ!!」

「今は、そんなことしないですよ。あの時は、色々飢えていたので……つい」

てへっと笑うのは可愛《かわい》いけど、ついで済ませていい内容ではない。

「……だからイザベラ様に業務内容の変更を伝えないで欲しいと言っていたのね。あの時はそんなことで伯爵に手間取らせたくないという意味だと思ったけれど、バレたら止められるからだったのね」

イーシャは体を縮こませて頷いた。

なるほど。イーシャは業務内容の変更を伝えずにそのまま傍仕え兼任の護衛任務を行い、姿絵を手に入れ、その後もいろんな場所で働き続けたと。

とんでもないなっ!!

そういえば臨時の討伐専門武官の仕事をしたことも誰にも言わずにいたようだった。あれが確か十三歳の時のできごとのはず。イーシャは一見真面目《まじめ》というか、実際真面目で大人《おとな》しく、自分に自信がない性格なので、まさかこんなとんでもない隠しごとをしているなど誰も気が付かなかったのだろう。

うん。俺も想像もしていなかったし。

「身分を偽り働いて申し訳ございません。ドレス代などを稼ぐ必要があり働いていたのですが、伯爵家の令嬢がそういった仕事をするのは外聞に問題がありましたので……」

「確かに下働きの仕事を伯爵家のご令嬢にさせるわけにはいかないけれど……はぁ」

貴族女性の仕事といえば家庭教師や王族の傍仕えで、中々勤められるものではないし、ましてや成人前の子供ができることなどない。

「申し訳ございませんでした」

「過去のことだし身分を偽っていたことは許すわ」

「ありがとうございます」

「ちょっと待って、どうして十二歳のイーシャが護衛任務なんかをすることになったんだい？さっきの話だと、それ目的で最初から雇ったわけではないんだよね？」

十二歳の子供をそれ目的で最初から雇うというのも恐ろしいけれど。でもそうではないのにそうなった経緯が気になる。

普通ならば少しぐらい後ろめたい気持ちを持ってもいいはずなのに、俺がたずねるとヴィクトリアがうっとりとした表情をした。まるで王子を夢見る乙女のような表情に俺はギョッとする。

「あれは王都の屋敷にいた時のことよ。屋敷の使用人に、私は連れ去られそうになったの。その時颯爽《さっそう》とイリーナは現れ、箒《ほうき》でその使用人を成敗し、私を助けてくれたわ。その時のイリーナはまるで王子様のようで、性別さえ違ったら恋に落ちていたはずよ」

「いいえ。颯爽と現れたのではなく、普通に拭き掃除をしていたのですが、体格が小さかったので気が付かれなかったようなのです。お嬢様が男性の使用人に口を塞がれていたので緊急事態と判断し、そっと近づいた後、箒で殴り倒しただけです。まあ、運がよかっただけですね」

ヴィクトリアが頬を紅潮させイーシャの活躍を語れば、イーシャは冷静に一部訂正をした。

ヴィクトリアの語るイーシャはまさしく王子様だが、イーシャからすると運がよかっただけとなるようだ。確かに運はあるかもしれないけれど、普通はやり返される可能性があるのに殴り倒すなんて勇気が出ない。イーシャは謙遜《けんそん》しすぎだと思う。ただヴィクトリアの記憶もかなり美化されているのだろう。

どちらの証言からも言えるのは、一歩間違えれば死んでしまいそうなことをイーシャがしていたということだ。過去のことをぐちぐち言うのは男らしくないし、この経験を経《へ》て、現在の強くて可愛いびっくり箱なイーシャになったのは分かる。でもあまりの無茶のしすぎに血の気が引く。

「運がよかっただけって一体、何を言っているの。あの時イリーナが勇気を持って私を助けてくれなかったら、今頃私はここにはいなかったわ。とにかくそんな事件があったから、しばらく私の身の回りが危ないとなって、父が急遽《きゅうきょ》イリーナを傍仕え兼任の護衛に命じたの。幼いからイリーナが近くにいても襲撃者は油断するという思惑もあったみたいね。私も年下の子を危険にさらすことに対してためらいがあったけれど、捨てようとしていたミハエル様の絵を褒美《ほうび》に譲ってくれるなら何でもやると言ってイリーナが父に対して直談判して……」

「イーシャ」

「この世の美しさをすべて詰め込まれているとしか言えない宗教画を焼き捨てるなんて、私にはどうしても我慢できませんでした」

イーシャ自身、やらかした自覚はあるのだろう。イーシャの目線が明後日《あさって》の方向を向く。

一歩間違えればイーシャは俺への信仰で天国に行っていたのだ。イーシャらしいけれど、素直に嬉しいとは言えない。本当に無事でよかった。

「イリーナのことを私は尊敬しているけれど、この自分の命よりもミハエル様の絵の方が大切という感性だけはどうしても共感できなかったのよね」

「私はどちらかというと自分への尊敬よりミハエル教への共感が欲しいです」

「信者を増やそうとしないの。俺は、浮気は絶対しないと言っているだろう？　ヴィクトリア様も結婚しているのだし」

「えっ？　信仰と結婚は別なのでは？」

……うん。イーシャにとっては別なんだよね。

そういえば、神として信仰しているから付き合えないと言われたこともあったなと遠い目になる。そしてイーシャの実母が信仰と結婚は別と言って神と崇《あが》めるほどの信仰対象を振った実例も知っている。

「そういえば、急遽バーリン公爵家にお招きしてしまいましたが、ヴィクトリア様の旦那様は大丈夫でしたか？」

「そういえばそうだったね」

イーシャが出稼ぎをしていた頃の話が入るので、道端で話すような内容ではなかったが、突然連れ込んでしまったのは確かだ。いきなり妻が祭り会場からいなくなったらびっくりするだろう。使用人に連絡をさせに行った方がいいかもしれない。

「旦那様は子供達と本国にいらっしゃるから大丈夫よ？　今里帰りをしているのは私だけなの。祭りについてきた使用人も今ついてきている者だけよ」

「そうなのですか？」

「よく旦那も許可したね」

妻だけで国を渡っての里帰りを許すなんて俺だったらとてもできない。何としても自分も行こうとするだろう。

「子供達は小さいから預けてきたの。旦那様はもう少し後で迎えに来てくれるわ。今回私が来たのは、実家から食料支援を頼まれたからよ。旦那様も行きたがったけれど、仕事があるから私が事前に状況をこの目で見に来たの。国中で氷龍が複数出現したのでしょう？」

異国に氷龍の情報が漏れている。

それを目の当たりにして、俺は表情を変えないでいるので精一杯だった。この氷龍の情報は彼女の実家が流したものだろうか？　それとも別の伝手《つて》？

「職業がら、異国にどれだけ把握されているか敏感になるでしょうけど、この時期に王都やバーリン領でまだ雪が降り続ける日があるのが異常だもの。王都に来ている異国の商人は察しているし、王都で少し聞いて回れば氷龍の件はすぐに分かる話よ？」

俺の顔色が微妙に変わったことを敏感に察知したようだ。苦笑いされながらどうして知っているかを彼女は話した。確かに氷龍が出ていることに対する情報制限は今のところされていない。

「……氷龍の討伐は完了しているよ。ただ影響はまだ残っていて、春が来るのが遅れてしまっているようだけど」

氷龍が群れてしまった理由が人為的だったことは隠しておく方がいいだろう。もしかしたら彼女の嫁いだ国が関わっている可能性がないとは言えない。本来は武官しか知らない内容を彼女が話さないか注意して聞いておいた方がいい。

「それはよかったわ。イリーナは……いえ、イリーナ様は冬の間は何をなさっていたの？」

「えっ？　い、イリーナ様!?」

「次期公爵の妻を私だけ呼び捨てにできるわけがないでしょう？」

「あ、そう言われると、そうですね」

元々の関係が平民の使用人と侯爵家の娘だったので、様付けされるのが慣れないのだろう。イーシャは名前の呼び方にとても動揺し、目線をうろうろさせている。しかし伯爵家の娘でも敬称付きで呼び合うのが普通である。公爵家に嫁いだのなら当たり前の呼び方だ。

「冬の間、私は王都の屋敷に滞在していたのですが、ほとんどを屋敷で過ごしていました」

「雪が酷いと外出もできないものね」

「ええ。そうですね」

イーシャは俺が神形の件を詳《くわ》しく話さなかったため、情報をあまり出さないようにしたようだ。ただ、ヴィクトリアの声音には外出できなくて退屈だったわよねという同情の気持ちが混ざっていたが、イーシャのそうですねには悲愴《ひそう》感も何もない。きっとイーシャは家にこもっている間とても充実し、あえて外出しなかったんだろうなと思う。寝室で一度だけ見た、俺の過去の服などを飾ったイーシャによるイーシャのためのミハエル様展。俺が不在で寂しくて泣いているよりはいいのだけど、いいのだけど……っ！　やっぱり、【ミハエル様】に負けた気分になるのであんまりよくない！

「基本王都に滞在しているのだけど、バーリン領では毎年雪祭りをしているから遊びに来ましたの。まだしばらくバーリン領に滞在しているから、後日ゆっくりとミハエル様の妹達も交えてお茶会はできないかしら？」

「ええ。よろこんで。ただ、ディアーナは結婚間近なので、今は丁度《ちょうど》打ち合わせで王都に行っているんです。だからお茶会に参加できない可能性が高いのですが……」

「そうなの？　ああ。だから王都でディアーナの噂が流れていたのね」

ディディの噂？

前々から婚約者の発表はしてあったので、お相手は皆分かっている。ディディの属する爵位が変わるからそのあたりが話題になっているのだろうか？

まあ、そういうこともあるだろう。ディディが生まれた頃は公爵家の子女として、王太子と婚約するのではないかと思われていたのだから。

お茶会は女性の社交の場だ。そのためヴィクトリアとイーシャでお茶会の予定を話すのを俺は聞いていた。

◇◆◇◆◇◆

まさか、昔勤めた先のお嬢様とばったり道端で会うなんてことが起こるとは思わなかった。しかも異国に嫁いでいるから大丈夫だと思っていた人物だ。本当に油断していた。

他の貴族で私の顔を覚えていそうな人はいただろうか？　……うーん。イザベラ様はできるだけ私に裏方の仕事を回してくれていた。きっと将来私が嫁いだ後に出稼ぎのせいで困らないように仕事を選んでくれていたのだと思う。ヴィクトリア以外で傍仕えをしたことはない。

きっと大丈夫なはず。

「まさか私が出稼ぎをしていたことを知っている方と会ってしまうなんて。ご迷惑をおかけして申し訳ありません」

「いや。イーシャが貴族の屋敷で働いていたことを知っている貴族がいることは想定内だから気にしなくていいよ。流石にイーシャが道端でいきなり引き抜きにあうとは思わなかったけれど」

それは私も思う。普通はこういった打診は、道端でポンとするものではない。

「あははは。私がカラエフ伯爵の娘だと知らなかったので、ミーシャの愛人になってしまったのではないかと心配して下さったんですよね。少しの期間勤めただけなのに、とてもヴィクトリア様はおやさしい方ですね」

「やさしいだけで引き抜きなんかしないさ。それだけイーシャが優秀だったということだと思うよ？」

「そうですかね？」

十二歳の頃の私はまだまだ使用人の仕事を勉強している最中だった。それに護衛任務も周りの先輩方に色々教えてもらいながらだったので、本当に役立ったのかと首を傾げる仕事しかできなかった。でも頑張った分だけ努力を評価していただけたなら嬉しい。

「……嬉しそうだね。本当は彼女と一緒に異国に行って働きたかった？」

「えっ。いや。そんなことありません。私はミーシャの妻ですから、この立場は絶対自分からは手放しません」

ジト目で見られて、私は笑って誤魔化《ごまか》す。たとえ私がただの使用人だったとしてもミハエルを置いて、ミハエルを見ることのできない異国に行くはずがない。だから無駄な嫉妬《しっと》をしなくてもいいのにと思うが、それをするのがミハエルである。

「そういえば、お茶会のお誘いを断る理由がなかったので、バーリン公爵家にお呼びすることにしたのですが、大丈夫だったでしょうか？」

「あそこでお茶会を断る方が変だから問題ないよ。アセーリャも暇だって叫んでいるぐらいだからきっと喜ぶだろうし」

流れ的に断りにくく勝手に受けてしまったので若干《じゃっかん》心配だったが、ミハエルにもお墨付きをもらってほっとする。

「ただ、今回のお茶会の中では確実に夏の王太子の結婚式の話題が出てくると思うんだ」

「そうですよね。一大イベントですし」

異国の王女を王太子妃として迎えるのだ。王都でもきっと話題に上がっているだろう。

「でもこの間、襲撃があったばかりだ。公にしていないからこそ、異国に嫁いだヴィクトリアにはあまり情報を流したくはない」

「分かりました。ただ会ったことがないなどの嘘をつくとぼろが出るものなので、容姿などを中心とした話をするようにしてみます」

王女なので容姿に感する情報は色々異国でも出ているものだ。秘匿した方がいい情報は秘匿するが何も知らないとするよりは問題ない情報をうまく話題にしてしまう方がいいと思う。

「うん。それがいいと思うけど……イーシャはこういうのにも慣れている？」

「慣れていないから、正直すごく不安です」

お茶会の練習は姉妹とやらせてもらったけれど、圧倒的に経験不足は否めない。事前に何を話すかきっちり対策を練っておかなければ確実にボロが出そうだ。

しかしミハエルはなぜか疑わしそうな眼を私に向けている。

うーん。今の話題で慣れているととられそうな部分は……。

「……噂話を作り出す時は母がよく、出していい話とそうでない話を考えて喋《しゃべ》るようにと言っていたので、それを元に話す内容を考えてみたんです。相手を信用させるなら嘘は入れずに本当のことだけをうまく組み合わせて話した方がいいと」

「なるほど。イーシャの母上のやり方なんだね」

ミハエルが安心したようにほっと息を吐いた。私が得意なのは情報戦ではなく、肉弾戦。正直、乗せられやすいので、あまり安心してられない。

「とりあえず俺もヴィクトリアについての情報を集めてみるから、一週間後でお茶会の打診をしてみようか」

「はい。私達もずっとこちらに滞在するわけではありませんし、それぐらいの方がいいですよね」

ヴィクトリアもそうだが、私達もずっとバーリン領にいるわけではない。もしもバーリン領でお茶会ができず王都でとなるとミハエルも仕事に行くし、アセルもバーリン領に残るので、私だけで対応することになる。慣れていないのに二人っきりでとか不安すぎる。

「もしもアセーリャだけでは不安なら、ディディを呼び戻すけれど?」

「折角エリセイ様に会っているのですから邪魔はしたくないです」

王都に出発する直前に会ったディアーナはあんなにウキウキしていたのだ。それなのに呼び戻すとか申し訳なさすぎる。

「確かに恨まれそうだね。ただディディはヴィクトリアとも面識があるから、昔話もできたんだけどね」

私とディアーナは同い年なので、ヴィクトリアとの年齢差は五歳。茶会などを開き互いに招待し合うようになるのはおおよそ十歳ぐらいからで、それまでは親戚と練習をする。そう思うと、ディアーナは家格的にもヴィクトリアとお茶会をしたことがあるとみていいだろう。ただアセルはディアーナのさらに二歳下なので、七歳差。アセルが十歳の時に彼女は十七歳。ヴィクトリアが嫁いだのが十八歳だったので、一緒にお茶会をしたかは微妙な年齢差だ。

「これればかりは仕方ないですね」

タイミングが悪いなと思いつつも、私は一週間後のお茶会に備えて念入りに話す内容などを考えたのだった。

◇◆◇◆◇◆

ヴィクトリアと再会してから六日後。

彼女とのお茶会を明日に控えたその日に事件は起きた。

「イーラ姉様、キャベツのピクルス、そんなに好きだっけ？」

他の人の皿より多めに盛られたキャベツに対して、アセルが首を傾げる。逆に少し脂っこい料理は事前に減らしてもらっていた。

「最近食べすぎで体が重くなってきたので、少し食事制限しているんです。カラエフ領ではすごく質素な食事しかしていなかったもので。それに私、昔からの癖で、出されるものはすべて食べてしまうんです……」

恥ずかしい話だが、食事を残すという行為が苦手だ。そして公爵家の料理はとても美味しいので、やっぱり残せない。

「母に昔バレエダンサーは野菜を沢山食べて体形維持をしていると聞いたことがあるんです。あ、でも。この程よい酸味のあるピクルスは本当に美味しいので、まったく苦じゃないですよ。

きっと公爵家の料理人の腕がいいんですね。我が家で漬けていたものより美味しくて。だから無理はしていません」

野菜まで美味しいとかすごすぎる。

「それならいいけれど、イーラ姉様は、元々痩せているからそこまで気にするほど太ってはないと思うよ？」

「それは俺も同感。無理をしてないならいいけれど、今日も朝走っているのだから、ほどほどにね」

アセルとミハエルのやさしい言葉に私は笑った。

そんな会話を和《なご》やかにしている時だった。

「ミィィィィイシャアアアアア!!」

ミハエルを呼ぶ悪魔のような低い声。

ミハエルとアセル、そして私は何事だと食事の手を止める。恨みがこもっていそうな声はまるで怨霊だ。

「お、お兄様。まさか、どなたか女性をその気にさせたけれど、イーラ姉様一筋だと言って怒らせたりした？」

「してないよ！」

恐ろしい声にアセルは顔色を悪くしながらもそんな冗談を言えば、ミハエルが間髪入れずにツッコミを入れた。

でも私も一瞬アセルの説はあるかもしれないと思ってしまった。ミハエルなら、眼差《まなざ》しを向けるだけでどきりと胸を高鳴らせ、微笑み一つで人を恋に落としてしまう気がする。ウインクされたら失神するのではないだろうか？

「俺はそんな化け物ではないからね？　いくら何でもウインクで失神させる能力はないから」

「あっ。口に出ていましたか。すみません」

今はだいぶんと耐性ができたけど、去年までの私なら失神したと思うけれど、それは黙っておく。ミハエル様のウインクの破壊力は無限大だ。

そんな話をしていると、大きな足音が聞こえ、そしてそのままバンッと音を立てて扉が開かれた。そこにはコートも帽子も身に着けたままのディアーナが立っていた。

ディアーナは鋭い目つきで、こちらを睨《にら》みつけた。ディアーナの青い瞳には、青白い怒りの炎が燃えさかっている気がする。

「ミーシャ！　どういうつもりよ!!　妹の結婚式を台無しにしようとか、兄としてどうなの!?　恥を知りなさい!!」

フーフーと肩で息をしながらディアーナは叫んだ。

どうやらディアーナが怒っているのは私ではなくミハエルだけのようだ。そういえば最初の悪霊のような低い声もミハエルの名を呼んでいた。……えっ。嘘。あのおどろおどろしい声がディアーナのものだなんて？

「何のことだい？」

「とぼけないで下さい。酷すぎるではありませんか！」

「心当たりがないいんだ。いや、本当だって」

「心当たりがないですって⁉　お茶会の噂よ！　王都中のご令嬢がもう知っていたのだから、冬の間に広まったもののはずよ！」

噂？

王都にいたけれど私はあまりお茶会には参加していなかった。貴族の知り合いは少ないし、雪も酷いためだ。しかし暦《こよみ》上は既《すで》に春なので、もしかしたら最近はお茶会の開催が増え何か噂が出回っているのかもしれない。

「ちゃんと説明して下さい！　一体、どうしてお茶会で私のおかしな噂が流れているのよ‼」

「ディーナ⁉」

ディアーナはミハエルの襟首をつかむとミハエルをそのまま前後に揺すった。常の淑女からは遠く離れた姿だ。私はこれまでにディアーナが激怒するのは一度しか見ていないし、その時もお酒の力を借りて爆発したという感じだった。それなのに、一体どうしたというのだろう。

私はとにかくディアーナをなだめるためにミハエルの服を握りしめる彼女の腕を握る。

「落ち着いて下さい。ディーナ。一体、どうしたのですか⁉」

「……お兄様、こんなに怒らせるなんて、今度はどんないたずらをお姉様に仕掛けたの？　いい加減、大人になりなよ」

「仕掛けてないよ。濡《ぬ》れ衣《ぎぬ》だ！」

何に怒っているのか私には分からなかったが、アセルはミハエルが何かいたずらをしたのだと思ったらしい。今度はというあたり、結構な頻度でミハエルはディアーナを怒らせていたのかもしれない。

とはいえ、本来ならばまだバーリン領に帰ってくる予定ではなかったディアーナが帰ってきた上に、令嬢らしさを失って怒鳴るなんてただごとではない。

しかもこの時間に帰ってきたのならば、きっと早朝に王都を出たに違いない。ならばきっと空腹なはずだ。

「オリガ、悪いけれど、至急ディーナの分の昼食を用意してもらっていいかしら？　お茶だけならすぐ出せるわよね？」

「かしこまりました」

空腹は余計に人をイライラさせるものだ。オリガは別の使用人に調理場まで走るように伝え、彼女自身はお茶の準備をする。

怒りで震えているディアーナの手は、帰ってきたばかりだからか冷え切っていた。温かいお茶を飲めば、普通に会話できるぐらいには落ち着かないだろうか？

「ディーナ。そんなに強くミーシャを掴《つか》んでは、手を痛めてしまいます。私の隣の席に座って一度落ち着きませんか？　お茶も入ったようですし」

できる使用人オリガが手早くお茶を入れてくれたので、私はディアーナの手を握ったままエスコートする。私がエスコートをすれば、その間怒鳴ったりはしなかったが、ディアーナの眉間のしわが凄《すご》いことになっていた。

「それで一体、ディディはどうしたんだい？　今日は王都から帰ってくる予定日ではなかっただろう？」

席につき、ディアーナがお茶を飲んでから早速ミハエルがたずねた。ミハエルもよく分からないまま一方的に怒られるのは納得できないだろう。

「……そうよ。本当ならまだゆっくりと王都で過ごすつもりだったわ。でも、王都で友人達とお茶会をしている時にとんでもない噂話を聞いてしまったの」

噂？

そういえば先ほどもお茶会での噂がなんとかと言っていた。噂と言えば、つい最近、丁度ディアーナの噂が……という話をヴィクトリアから聞いたことをふと思い出す。でもこんなにディアーナを激怒させる噂とは一体何だろう？

「バーリン公爵家は、子息はもちろんのこと、令嬢どころか使用人に至るまで強く、ミーシャが結婚相手に求めた条件は、鋼《はがね》のような肉体と熊をも素手で倒せる強さだそうよ」

「は？」

ミハエルがとんでも噂話に固まった。

……いや。ミハエルはどちらかというと私が戦うことを心配している方が多いので、たぶんその条件は付けていないと思う。そして私も流石に素手で熊は倒せない。熊を甘く見てはいけない。

ただここでそれを言うと話がずれてしまいそうなので、私は続く言葉を待つ。今の話の中に、ディアーナがここまで激怒する内容が含まれていたとは思いにくい。むしろ私が異議ありというべき内容だ。ディアーナの本題はこの後だろう。

「そしてね。女性武官というものを王家が秘密裏に組織していて、そこに公爵家の令嬢がお忍びで参加しているという噂が流れていたの」

女性武官という言葉にどきりとする。

実際にはまだ女性武官候補というだけで正式に決まったものではない。でも公爵家のご令嬢ではないけれど、次期公爵夫人の私は訓練に参加していた。もしかしなくても、その噂の原因は私ではないだろうか？

さあぁぁぁっと血の気が引く。

「さらにね、銀髪のディアーナと名乗る女性が、王太子の婚約者を救ったやら、城の中を銀髪の美女が駆け回り、悪人を成敗したとかという噂もあったわ。王宮にいてもおかしくなく、銀髪でディアーナという名前の年頃の女性は私だけなの。でも私は冬の間は一度も王宮に出向いたりもしていないわ。一体、どうしてこんな噂が流れているのかしら？」

それは……。私はちらっとミハエルを横目で見る。

銀髪の【ディアーナ】が王宮を駆け回って、王太子の婚約者を救ったという話は、私の記憶にもある。ただしその銀髪美女は偽名を使っていたどころか性別も偽っていたけれど。

「この噂に関して私はまったく身に覚えがないの。ひとまずお茶会では何のことか分からないと言っておいたわ。でも、私、銀髪で、さらに王宮で駆け回れそうな人物に心当たりがあるのですけど？　……ミーシャ？　私に対して何か言うことはないかしら？」

ディアーナは既に自分の中で答えを出した状態で、ジト目でミハエルを見据える。去年の冬にミハエルが女装をして似合っていたことを知っているから余計にだろう。ミハエルの女装は女神のごとき美しさで、美女と呼ばれても不思議ではないし、とても目立つ。

しかしミハエルが王太子の命令で、王宮で女装して女性武官候補を調べていたなんて、妹相手でも話しても大丈夫な内容なのだろうか？

「あ、あの。ディーナ。申し訳ありません。もしかしたら、その【最強ディアーナ伝】の原因の一端には私が関係しているかもしれません」

「最強ディアーナ伝っ!?　ぶはっ!!」

「ミーシャッ！」

私の言葉選びが悪かったようで、ミハエルが大爆笑した。いや。そこで笑うからディアーナが怒るのだと思う。ただ、アセルも若干吹き出したいのを我慢している顔をしているので、やはり言葉が悪かったようだ。

「じ、実は、私は冬の間、エミリア王女からのお願いで、女性武官候補と一緒に行動していた時期があるんです。まだ女性武官が正式ではないのであまり詳しくは言えないのですが、それ以外にも私兵と恒例の戦闘訓練をしたり、女性の使用人でも扱える護身用具を考えたりしていたので、そのせいで公爵家のご令嬢は強いという噂が立ってしまったのかもしれません」

考えてみると、私はそんな噂になりそうなことばかりやらかしている気がする。本当に申し訳なくて、私は体を縮こませた。

「待って。噂はイーシャのせいではないよ。この噂は、俺が女装した時にディディの名前を使ったからだ」

「やっぱりミーシャのせいじゃないっ！　結婚間近なのに、変な噂を立てられて、どうしてくれるのよ!!」

私が俯《うつむ》き縮こまっているとミハエルがかばうように真実を言った。そしてそれを聞いた瞬間、ディアーナが怒鳴る。

「いや。今更婚約破棄とかないだろうし――」

「そういう問題じゃないのよ！　人生の一大イベントなのよ。それなのに、『あの女性が王宮を走り回った非常識な公爵令嬢かしら？』とか陰で言われて、エーリャの家族にも本当のところどうなの？　と思われて、否定してもきっとそういうことにしないといけないのよねというような空気を出されるのよ!?」

女性の結婚は大変だ。嫁入りするので、夫だけでなく、相手方の家族とうまくやっていかなければいけない。しかもディアーナの場合は爵位も変わるから気苦労も多いだろう。

それなのに結婚前から躓《つまず》きそうな噂が立てば、不安にもなる。私は申し訳なさで胸がいっぱいになった。

「本当にごめんなさい、ディーナ」

「違うわ、イーラのせいではないのよ」

「うん。そうだね。女装の時に勝手に妹の名前を使った俺の責任だ」

「間違いないわね」

私に対してはやさしいディアーナもミハエルには冷たい。しかし氷のようなディアーナの眼差しにもミハエルはこたえた様子はなかった。

「悪かったって。ちゃんと俺も噂が消えるように協力するから」

「……私、実兄に女装癖があるっていう噂も嫌よ？」

真実を伝えればそっちの方が衝撃的なため、すぐに消えそうだが、実の兄に女装癖があるというのも嫌らしい。……いや、実兄に女装癖があるという方が結婚後に親族から色々言われそうだ。

「たぶん夏の王太子の結婚式になればそっちの話題で持ちきりになって、最強ディアーナ伝は消えるだろうし、それまでも責任を持ってちゃんと否定していくからさ」

「絶対ですからね」

ディアーナも噂を消す努力をするとミハエルの口から聞いて、ようやく矛《ほこ》を収めてくれたようだ。でも眉間のしわは消えない。

不機嫌な空気はそう簡単には霧散しないようだ。

「あ、この野菜、本当に美味しいんです。ソーセージと一緒に食べると特に。ディーナ、あーん」

私はソーセージを切り分け、一口分、キャベツと一緒にディアーナの口に運ぶ。すると眉間にしわを寄せていたディアーナも毒気の抜けたような顔をして、ぱくりと食べた。

「ええ。確かに美味しいわね。昨日からイライラして、朝ご飯も食べずに王都を出たから、お腹《なか》がすいたわ」

「ちょっと！　あーんは、旦那の特権だろ!?」

「……お兄様、イーラ姉様の気遣い台無しなんだけど」

アセルが呆《あき》れ顔でミハエルを見る。うん。私もここは空気を読んで欲しかった。妹に嫉妬しても何も生まない。

「イーラ、パンも下さる？」

「あ、はい」

パンを手渡そうとすれば、ディアーナはミハエルを見てくすりと笑い口を開けた。あっ、はい。あーんですね。

一口サイズにちぎって口に入れる。美女に餌付《えづ》けとか、……ご褒美だろうか。

「お、俺も！」

「ミーシャは自分の分があるでしょう？」

ディアーナはニコリと笑った。見事な仕返しだ。ミハエルにしか効果がなさそうだけれど、相手はミハエルなので効果は抜群だ。

ミハエルも自分がディアーナに悪いことをした自覚があるので、ささやかな仕返しに我慢して耐える表情をしていた。でもミハエルの目がとても恨みがましいものになっている。あのまま大喧嘩を続けるよりはいいけれど、このままというのも微妙なので、会話を料理からそらそう。

「それにしても、ヴィクトリア様が王都でディーナの噂がと言っていたのは、きっとこれのことだったんですね」

「えっ、嘘。バーリン領でも噂になっているの!?」

ヴィクトリアが言っていたことを思い出し呟《つぶや》けば、ディアーナがぎょっとした顔をした。

「いえ。ヴィクトリア様は王都のお茶会で聞いたそうですから、そこまでは広がってないと思います……たぶん」

たぶんとしか言ってあげられないのが辛《つら》い。噂というのは思わぬ勢いで広まることもあるのだ。

「というかヴィクトリア様ってどなた？」

「コーネフ侯爵家の長女だよ。ディディなら昔お茶会もしているんじゃないかな？　十八歳の時に異国に嫁いだから、しばらく会っていないだろうけれど」

「コーネフ侯爵家……ああ。あのヴィクトリア様ね。こちらに里帰りしていらっしゃったの？」

最初はピンとこなかったようだが、少し考えた後、記憶が繋がったようだ。

「そうなの。偶然イーラ姉様が会ってね。実はイーラ姉様と知り合いだったんですって。それで明日、お兄様とイーラ姉様と一緒にお茶会をすることになったの。私もご一緒するのよ」

「そうなの？　なら、あの噂を消すためにも私も参加するわ」

これ以上最強ディアーナ伝を広められないために、ディアーナも参加表明をした。お茶会に慣れたアセルが一緒ではあるけれど、ディアーナも一緒ならより心強い。私としても是非お願いしたい。

「でもイーラはいつヴィクトリア様とお知り合いになったの？　カラエフ伯爵家とコーネフ侯

爵家は親戚関係ではないし、イーラは社交デビューをしていないのでしょう？」

「お姉様、聞いて！　実はね、イーラ姉様が昔ヴィクトリア様のお屋敷で護衛兼傍仕えとして働いたことがあって、顔見知りだったの！　凄い偶然でしょう？」

「は？」

アセルがクスクス笑いながら経緯を話してくれるが、ディアーナはわけが分からないという顔をしている。私もそう思うので、アセルから引継ぎ、ヴィクトリアとの出会いと関係性を説明する。

「――と、いうわけでヴィクトリア様と私が知り合いなんです。ヴィクトリア様も私がカラエフ伯爵家の娘だと知らなかったので、働いていた時はちゃんと商人の娘に擬態できてはいたんですが……」

まさか次期公爵夫人となった後に、町中で偶然再会してしまうとは思わなかった。

「私が十二歳の頃の話なので、大体七年ぐらい前の話です。辞めてからは一度もコーネフ侯爵家で働くことはありませんでしたし、成長して顔立ちが変わったので気付かれないと思ったのですが、私が甘かったです」

「それだけヴィクトリア様にとってイーラ姉様の印象が強かったということだよ。十二歳で護衛とか凄いなぁ。他にも何か面白い仕事はしていないの？」

アセルの顔にはワクワクと書いてあり好奇心がまったく抑えられていない。対してディアーナは私の話を頭の中で整理中のようだ。頭が痛いとばかりに額に手を当て、目を伏せている。

「残念ですが、傍仕えをしたのはその時だけで、基本的に仕事は裏方でしたので面白いことは何もないですよ」

　臨時の仕事なんてそういうものばかりだ。

　舞踏会の給仕などはやるけれど、いちいちその時に働いている使用人を覚えておく貴族はいない。下働きをする使用人は、貴族からしたら家具と同じぐらいの認識だと思っている。私は一緒に働いたりしていたので、中々割り切れなかったりするけれど。

「えー」

「屋敷の主人に近づきすぎないように、仕事の斡旋をして下さっていたイザベラ様が配慮して下さっていたんだと思います。使用人の中には知り合いももちろんいますが、私の外見は特段目立つものでもないので、あまり人の記憶には残っていないと思います」

　亜麻色《あまいろ》の髪も灰色の瞳も珍しい色味ではないし、顔立ちも不細工ではないが人目を引くような美人でもない。身長も低いので、人込みでは隠れやすい。

「うーん。確かに使用人の恰好《かっこう》をしているイーラは、そこまで目立つ方ではなさそうだけど、でも記憶に残らないかと言われると、正直何とも言えないわね」

「イーラ姉様は見た目じゃなくて行動が目立つんだと思うよ」

「イーシャが目立たないということはあり得ないよ。こんなに可愛いのに気付かないなんて、きっと目が節穴なんだね」

いや。身分を偽って働いているわけなので目立たない方がいいというか、目立ってはいけないのですが……。最後のミハエルの言葉に乾いた笑いが出る。

それより行動が目立つとか、私は三人の中で一体どんな人物像になっているのだろう。聞きたいような、聞きたくないような気持ちだ。

「それにしてもイーシャが働いていた先のお嬢様が、俺との婚約話が上がった相手で、その姿絵を今はイーシャが所持しているとか、世間は狭いね」

「えっ、ミーシャ、初恋こじらせていたのに婚約話なんてあったの？」

「俺も知らない間にあって、知らない間に立ち消えたみたいだ。ただ立ち消える前に姿絵だけは親が交換していたらしくてね」

「破棄されてしまうところをまさか奇跡的にお救いできた上に、我が家にお越しいただけたなんて。これぞ神の思《おぼ》し召《め》しですね」

あの時ヴィクトリアが襲われ、それを助けていなければ、知らぬ間に破棄されていたミハエル様だ。これはもう、私が宗教画を手に入れるために神が用意した試練だったとしか思えない。

しかし私の幸運話をミハエル達はとても微妙な顔で聞いていた。

「何というか……執念？」

「あの頃のお兄様もすごかったけど……」

「そのおかげで今があるんだからいいだろ？」

そんな話をしているとディアーナの食事の準備が整ったようで、中に食事が運び込まれる。急遽人数が増えたのにこんなに早く対応できるなんて流石だ。

テーブルがセッティングされている間、一度会話を中断すると、私とミハエルの方へ執事が近寄ってきた。

「失礼します。若旦那様と若奥様宛てに速達でグリンカ子爵からのお手紙が届きました」

「ありがとうございます」

なぜグリンカ子爵から？　と思いつつも受け取ろうとすると、ミハエルが先に受け取った。そして憎き親の仇《かたき》を見るかのように手紙を睨みつける。

「これ、破って捨てては駄目かな？」

「駄目ですよ。何か理由がないと送ってこないと思いますから、捨てるにしてもちゃんと読んでからにしませんか？　よければ声に出して読みますけれど」

ミハエルのグリンカ子爵嫌いは根深いようだ。

その気持ちは分からなくはない。私もグリンカ子爵に会う度に舐《な》めるように見られるのは正直気分がよくない。しかし彼は私の父の知り合いであり、神形に傾倒した知識人だ。この手紙に何か重要なことが書かれている可能性もあるのだから、読む前に捨てるという選択はない。

ミハエルは手紙を私に触らせることすらしたくないようで、私が代わりに読みましょうかと差し出した手には載せなかった。それどころか執事に渡されたペーパーナイフで封を開けて中身を取り出すと、一人で読み始める。……グリンカ子爵は別にばい菌とかではないですからね？

「あの。私宛てでもあるみたいですけど、なんと書いてあるのですか？」

「……どうやらこの間俺がカラエフ領への立ち入りの許可を出したから、雪も少なくなってきたこともあって近々カラエフ領に向かうそうだよ。その時にバーリン公爵領を通過するから、もしもカラエフ伯爵に渡したい手紙があれば預かるようなことが書いてある」

どうやら折角行くのだからと気を使ってくれたようだ。

どうしてもカラエフ領は遠い上に雪深いので、冬は手紙が届かなくなるどころか紛失することがしばしばある土地柄なのだ。直接手渡しするのが一番なのだけれど、これまた雪に阻《はば》まれ移動に時間がかかる。だから用事があっても雪がなくなる夏近くまで手紙を出せないのだ。

「カラエフ伯爵に用事があれば私兵団を使うから、いちいち来なくていいのに」

「グリンカ子爵は善意で申し出て下さっているのですから、そんなに目くじらを立てなくてもいいと思いますよ？」

確かにバーリン公爵家なら私兵が沢山いるし、手紙も送れるだろう。でもカラエフ領までは手間なのは間違いないので、手紙を届けてくれるというのはありがたい申し出のはずだ。

「グリンカ子爵って、雑貨を扱っている店のオーナーよね？」

「お兄様、グリンカ子爵は確か妻帯者だよ？　すべての男性に嫉妬していたら、イーラ姉様も困るというか、いくらなんでもうっとうしく感じると思うよ？」

「う、うっとうしい？　……えっ？　俺、うっとうしい？」

「うっとうしくはないですから！」

凄いショックを受けたような顔をするミハエルに、私は慌てて否定の言葉を伝える。姉妹はグリンカ子爵と私の関係を知らないので、こんな反応になるのも無理はない。私も手紙ぐらいでと思わなくはないけれど、ミハエルは心配性なだけだ。

「だよね！　俺はイーシャの旦那だもんね！」

立ち上がりギューーッと抱きついてきたミハエルをなだめるように抱きしめ返すと、生暖かい眼差しを姉妹から送られた。いたたまれない。

ううう。ミハエルに抱きつかれるのは好きだけど、やっぱり恥ずかしいと思うのに、ミハエルはその後も中々離してはくれなかった。

◆◇◆◇◆◇

コーネフ侯爵の長女とのお茶会が一週間後と決まってすぐ、俺は彼女と彼女の周辺について使用人を使って調べ始めた。

「結婚相手になりかねない人とは極力関わらないようにしていたからな……」

イーシャと結婚するために必死にイーシャを探していた時からずっと、他の女性から婚約話が来ないように気を付けて生活していた。コーネフ侯爵家の長女は俺より年上ではあったが、結婚できる範囲内だったのであまり親しくならないようにしていたのだ。そのせいで、彼女に関しては人となりの情報もほとんど持ってはいない。

そしてとうとう明日お茶会をするタイミングになり、俺は集まった調査報告書を読みながらため息をつく。

彼女が嫁いだ国と俺達が住むザラトーイ王国は仲が悪いということはなかった。ただし世界的な流れと同様に、彼女が嫁いだ国も神形の研究が盛んな国ではある。ザラトーイ王国より南に位置しているので、氷の神形は出現しても氷龍まではあまり出ないはずだ。でもだからこそザラトーイ王国で氷龍の研究をしたがっていてもおかしくはない。

実家から食糧支援を要請されて帰国しているというのは嘘ではないだろう。今年の収穫量が著しく下がるのは間違いないし、彼女の実家は南方の地域の貴族との伝手がない。となれば異国に嫁いだ彼女に支援を求めるのも普通だ。こういう時のための婚姻ともいえる。

気になるのは探らせておいた王都での彼女の行動の報告だ。

お茶会ではどうやらバーリン領の雪祭りに行く話題から、最強ディアーナ伝の噂を仕入れたようだ。ただその中で俺がカラエフ伯爵家の長女と結婚したという話題が出て、イーシャについて色々聞いていたようなのだ。ただの話の流れだと言われればそうなのだが、イーシャの情報もカラエフ領の情報もほとんど出てこなかったからか、毎回お茶会の話題に出していた。必ず話題に出るので、情報収集をしようとしているようにも見える。

たまたまと言われればたまたまなのだろう。しかしあまりにもタイミングがいいせいで、イーシャと雪祭りで会ったのは本当に偶然だったのだろうかと思えてくる。

あの時ヴィクトリアが、イーシャがカラエフ伯爵家の令嬢だと気が付いてなかったのは嘘ではないだろう。それに公爵家の婚姻の話題は、お茶会のネタとして出しやすい話題で、おかしいとも言い切れない。

「少し、過敏になっているな……」

疑うのはいいが、思い込みはよくないなと、首を振る。

俺が過敏になっているのはこの間の王女襲撃事件から、王都の武官の間で以前より異国人に対して警戒態勢がとられるようになったことが原因だ。警戒態勢といっても、入国審査が若干厳しくなったのと、武官による見回りを強化するだけだが。規制が緩いのは輸入が増えているこの国で、すべての異国人を追い出すのは無理だからだ。

そしてそんな異国人が氷龍を発生させる場所として目をつけている北部地域にカラエフ領も入っている。今回の王女を襲撃した犯人は、王都にある貴族子息が通う学校で異国人にそそのかされたそうだ。バレエ鑑賞やその周辺で飲食する際に異国人と知り合った学生が、級友に紹介するということを繰り返し、北部の貴族に近づいていくという手を使ったようだ。現役バレリーナとお近づきになれると聞けば、まだ若く好奇心旺盛な学生は警戒心を緩めてしまう。

異国に嫁いだからそういった者と知り合いであるというのは偏見だ。しかしきな臭い中、できることならばイーシャを危険に近づけたくないと思ってしまう。本当は屋敷の中に閉じ込めて、大切に、大切にしたいぐらいなのだ。もちろんそんなことをしても、イーシャは幸せにならないからしないけれど。

俺は不安な気持ちに蓋をして、深くため息をついた。

三章：出稼ぎ令嬢のお茶会

お茶会の日は雪も止《や》み、久々に青空が覗《のぞ》くいい天気となった。ようやく春らしさが出てきたことで、心なしか使用人達の顔が明るい。

しかしミハエルはお茶会が決まった日から少しだけ暗い顔をしていて、青空になったぐらいでは戻《もど》らなかった。きっとまだまだ次期公爵夫人としては未熟な私がお茶会をするというのが心配なのだろう。

ディアーナとアセルがいるし、もちろんミハエルも同席するが、私のお茶会能力は男性であるミハエルよりも間違いなく低い。ディアーナとアセルの協力のもと、二人の知り合いとのお茶会は成功させたこともあるが、その後王女との一対一のお茶会は大失敗。次期公爵夫人なのにもかかわらず、女性武官候補の指導員なんて仕事をその場で引き受けてしまったということがある。

そりゃ心配にもなるだろう。

しかも今は王女の婚姻の関係でピリピリしている時なのだ。私がうっかり言ってはいけない話をしてしまわないかとか考えたら、正直私を屋敷に閉じ込めて病気のため面会禁止と言いたいのではないだろうか……。

「弱気は駄目《だめ》よ、イリーナ。大丈夫。しっかり話題の予習はしたんだもの。ミーシャ達の顔に泥は塗らないわ」

「イリーナ様、それほど緊張されなくても、大丈夫ですよ。公爵家主催ですし、ディアーナ様達もいます。それにイリーナ様なら問題ありません」

弱気になってしまって鏡の前で自分に言い聞かせていると、オリガに苦笑いされた。

「ありがとう。私もそこまで不安にならなくても、お茶会の相手は私が出稼ぎをしていたことを知っているヴィクトリア様だから大丈夫だとは思うのよ？　でも冬が長引いているせいか、どうも気持ちが落ち込むみたい」

ミハエルが少し暗い顔をしただけで、妙に不安になるのだ。

普段の私はそこまでミハエルの顔色をうかがってはいないと思う。だからきっと私は自分の瞳の色のような曇り空を毎日見ていたせいで余計に憂鬱《ゆううつ》になっているのだろう。

リビングに向かえば、既《すで》にディアーナ達は集まっていた。

「すみません。遅くなりました」

「全然遅くないよ。お茶会の時間まではまだあるからね」

「そうそう。暇《ひま》だからみんななんとなく来ただけなの。それにしてもイーラ姉様の空色のドレス、可愛《かわい》いね」

「ありがとうございます。アセーリャのピンクのドレスもよく似合っています。実は花の妖精なのと打ち明けられたら信じるぐらい可愛いです」

アセルはピンクが好きでよく好んで着ているが、本当によく似合っている。ふわふわの髪につけられた花の髪飾りもよく似合っている。

「えへへへ。ありがとう。実は花の妖精なの」

……本当に可愛すぎるのではないだろうか？

「何を言っているんだい？　俺の瞳の色のドレスを纏《まと》ったイーシャこそ、幻想的な妖精のようだよ」

「別にイーラの服の色は、お兄様だけの瞳の色ではないと思うのだけど」

「そうね。私とアセーリャ、それにお母様も同じ色だもの」

「いやいや。普通、ここは夫の瞳の色を纏ったと言った方がいいじゃないか！　そこは素直にそうだよねって同意するところだろう？」

何とも微妙な気分になる口喧嘩《くちげんか》を始めたが、そもそもミハエルの瞳の色を意識して作った服ではないので申し訳ない。単純に春になったので、青空をイメージした淡い水色のドレスなだけだ。常々ミハエルの瞳の色は青空の色だと思っているので間違ってはいないのだけれど。

そんな話をしていると、執事にヴィクトリアの来訪を伝えられ、私達はサロンの方に向かう。サロンでは既に部屋が暖まっており、サモワールの準備も完璧《かんぺき》だ。

「今日は公爵家のお茶会にお招きいただき、ありがとうございます」

執事に案内されサロンにやってきたヴィクトリアはニコリと笑い挨拶《あいさつ》をした。その後ろには、雪祭りでも一緒にいた傍仕《そばづか》えの女性が立っている。

ヴィクトリアの服装はこの国で今流行《はや》りの形と同じコルセットで締め付けるタイプのドレスだ。異国に嫁いでもさほど服装に変わりはない。まあ元々この形が異国から入ってきた形なので、どこの国も似たようなものなのかもしれない。

「ヴィクトリア様、外は寒かったですよね。暖炉の近くの席にお座り下さい」

「イリーナ様、お気遣いありがとうございます。でも今日は久々に青空が見られて、馬車の移動も楽しかったわ」

ヴィクトリアに様付けされるとやはり違和感が凄《すご》いけれど、立場上仕方がないことは分かっているので笑顔で流す。

席に座ればお茶会が始まった。

「ディアーナ様もこちらに戻ってこられたのね。またご一緒にお茶会ができて嬉《うれ》しいですわ」

「ええ。少々確認したいことができましたもので昨日戻ってきましたの。お会いできて私も嬉しいですわ」

にっこり。

ディアーナの確認事項は『最強ディアーナ伝』だ。ディアーナは意味深な笑みを浮かべながらミハエルを見る。凄《すご》みのある笑顔は、絶対何とかしろと言っていた。

「そういえば、ディディの噂《うわさ》を王都で聞いたようなことを言っていたけれど、どういうものだったか教えてくれないかい？」

「私が聞いたのは、公爵家のご令嬢が恐ろしく強いというものと、公爵家のご令嬢が王女を颯《さっ》爽《そう》と助けたというものでしたわね」

「それなんだけど——」

「ええ。デマですわよね？」

どう考えても私とミハエルが色々やらかした話が噂の元凶だ。ミハエルが噂を否定しようとしたが、その前にヴィクトリアが否定した。

「ディアーナ様とアセル様は音楽の才能はあっても、それほど運動の才能があるとは聞いたことがなかったのでおかしいと思ってはいましたの。もしも武芸を嗜《たしな》まれていれば、もっと前に噂になっていたと思いますし。最近始められたとしても、優秀な教師を雇ったなどの噂は一切ありませんでしたし」

そしてヴィクトリアが私の方へ視線を向けて、分かっているという笑みを浮かべた。

「イリーナ様がミハエル様とご結婚されたことを聞いてようやく腑《ふ》に落ちましたわ。イリーナ様の噂が間違って伝わって、公爵家の夫人ではなくご令嬢がという流れになってしまったのだって。年もディアーナ様とイリーナ様は同じですものね」

まさにその通りだったので、何も訂正することはなかった。

「……よく分かりましたね」

「イリーナ様のことを公爵家のご令嬢だと勘違いされて噂として流れたという方がしっくりと来ましたので。イリーナ様ならうっかり王女を助けていても何ら不思議はないわ」

「いや……そこは不思議に思って下さい」

どうして私ならばうっかり王女を助けてもおかしくないと思えるのか。そもそも王女には護衛がつくので、うっかりで助けられるものではないはずだ。納得いかない。私は普通の一令嬢にすぎないというのに。

「でもイリーナ様なんでしょう？」

「……はい。その通りです」

一部は女装したミハエルの話ですと言いたいけれど、言えない。ディアーナは自分の兄に女装癖があるという噂が流れるのも嫌だと言っていたし、そもそもミハエルのあの時の女装は極秘任務に近い。おいそれと真実を言うわけにはいかない。

王女を助けたとか、ミハエルの功績を奪うようで困ってしまうが、一緒に事件にあたったのは確かなのでここは否定しない方がいいだろう。

ミハエルとの事前の打ち合わせでも、ひとまず嘘《うそ》はつかない方向で決まっている。こちらから王女の話題を振りはしないが、確信を持って話してきた時は同意まではする。

「やっぱり。イリーナ様は昔から変わっていらっしゃらないわね」

昔というのは、私が彼女の傍仕えもどきをやっていた時の話だろう。あの時も彼女を助けたのがすべての始まりだった。

「ヴィクトリア様と出会われた頃からイーラはそれほど強かったの？　出会ったのはまだ十二歳の頃だと聞いたけれど」

「えっと。まだ護身術を学んでから二年といったところなので、強くはないと思います。もちろん始めた当初よりは剣を振ることにも慣れてきてはいましたが」

私が強かったという方向で話を進める気のディアーナは私の過去の話を振った。

この間話した時ヴィクトリアの記憶はかなり美化されているように思えたので否定はしないが、おかしいところは訂正しておく。

もちろん、ディアーナ達ご令嬢よりは鍛えている。その頃ならば、何とか私兵団のランニングの最後尾についていけるようになってきていたし、多少は筋肉もついてきて剣の素振りもできるようになっていた。それでも護身術を教えてくれた私兵団のレフから、戦うのではなく、不意を突いて逃げるのを優先させろと言われていた程度の実力しかない。当たり前だ。まだあの頃の私は多少護身術の心得がある子供でしかない。

「そんなことないわ。私をさらおうとした相手は大人の男性だったの。それなのにイリーナ様は箒《ほうき》だけで相手を昏倒《こんとう》させていたわ。あの時おびえるしかなかった私を安心させるように微笑《ほほえ》みかけて下さったのは今でも忘れられないわ」

「「箒……」」

姉妹がドン引きしている。まずい。私のイメージが。

私が強いという噂が流れたとしてもそれは自業自得だけれど、姉妹には正確な実力を知っていてもらいたい。私は決してそんな超人ではないのだ。

「いいえ。あれは運がよかっただけです。流石《さすが》に大人の男性に襲われたら、私はお嬢様を逃がすための盾《たて》になることしかできなかったでしょうし」

「イリーナ様？　あの、呼び名が……」

「あっ。失礼しました。でも、大丈夫です。ここにいるのは私が出稼ぎしていたことも、ヴィクトリア様の護衛をかねた傍仕えをしていたことも知っていますので」

うっかり昔の呼び名で言ってしまったこともあって心配してくれたようで、あからさまにほっとした顔をした。

「そうだったの。折角《せっかく》イリーナ様があのミハエル様と結婚できたのに、私のせいで台無しにしてしまったらと思って心配しましたのよ？　命の恩人に対して、恩を仇《あだ》で返してしまったらどうしようと思っていたの」

「あのミハエル様？」

「イリーナ様は七年前も熱狂的なミハエル様の信者でしたわ」

「「「ああ……」」」

私自身、ミハエル教の信者だとは言っているけれど、三人が呆《あき》れたような納得したような眼で私を見てくるのがいたたまれない。すみません。十二歳の頃には引き返せないぐらい深い沼に浸《つ》かっていました。簡単には会えないからこそ、ミハエル様に対する渇望も酷くなっていたのだ。

「信者って、どれぐらいの熱狂度だったの？　もう、今と同じぐらい？」

「えーっと」

「大人の男性相手なら盾になるぐらいしかできないと言っているのに、ミハエル様の姿絵が欲しいがために護衛任務を引き受けてしまう程度の熱狂度ですわね。つまり、ミハエル様のためならば命を懸けられる程度ということでしょうか」

「ええ……」

「イーラ姉様……」

姉妹がドン引きしている。まずい。このままでは、うまくいっている義理姉妹関係にヒビが入ってしまう。

「いや。そのですね。あの頃はミハエル様を目にすることも中々できなかったので、信仰する上でどうしてもその姿絵が欲しかったんです。貧乏伯爵家の娘が本物に会えないのは分かっています。でもせめて何かミハエル様を身近に感じられるものが欲しかったんです」

ミハエル様の顔を忘れることだけは絶対ないけれど、それでも少しでも身近に感じていたかったのだ。八歳の時に言葉を交わしてから、一度もあの雪祭りの日のように近づける奇跡などなかったのだから。

「俺としては命を懸けるぐらいの危険なことをするのではなくて、舞踏会で声をかける方向性の努力をしてもらいたかったよ」

「舞踏会に着ていくドレスがありませんでしたし、両親を差し置いて参加などできませんので」

確かに伯爵家令嬢としてはそれが正しい。

しかし正式な招待状をもらっているのに、借金返済で忙しいと参加を断っている両親を差し置いて出席などできない。それに社交デビューするには、母親かイザベラ様に付き添ってもらう必要があるが、二人からそれといった話はもらわなかった。

だから私はそれ以外の方法を考える必要があったのだ。

「イリーナ様が一度でも伯爵令嬢として舞踏会に参加していたら私も気が付けたと思うけれど、徹底して参加されていなかったから、一週間前に偶然出会うまで本当に気が付けませんでしたわ。でも使用人として残って欲しいという話は、どれだけ給料を上げると言ってもかたくなに頷《うなず》いてもらえなかったのも腑に落ちました。伯爵家のご令嬢ならばそれは無理ですわね」

「ええ。家のことがあるので、長期にお勤めするわけにはいかなかったんです。それに傍仕えの仕事だと、他の貴族の方と話さなくても会うことになりますから、身分がバレる恐れもありましたし」

身分を偽って仕事をしていたので、できる限り貴族との接触は少なくする必要があった。それなのになぜ引き受けたかと言えば、ミハエル様がそこにあったから以外の答えはない。……イザベラ様、沢山《たくさん》ご迷惑をかけてすみません。

傍仕えの件は家人が心配するからということで、イザベラ様には内緒にしてもらった。でも私のことだ。きっと他にも自分が気付いていないだけで、ご迷惑になるようなことを色々やらかしていたのではないかと改めて思う。

「確かにそういう事情だとそうなるわよね。あれからしばらくして私が異国へ嫁ぐことが決まり、イリーナ様にどうにか異国についてきてもらえないかイザベラ様に交渉をしてみたけれど、そちらも駄目だったのよね。それどころか異国の話が出てから警戒されたのか、私の家に仕事にも来てもらえなくなってしまったし」

なるほど。だからヴィクトリアの家の仕事があれ以来回ってこなかったのか。イザベラ様は色々な仕事を振って下さったので、特に気にしたこともなかった。

たぶん気に入られすぎて、問答無用で連れ去られ、事後承諾の形で私が異国に渡ったと伝えられたら困ると思ったのだろう。イザベラ様は伯爵なので、侯爵家が相手だと分が悪そうだし、嘘がバレるのも困る。

「でもまたイリーナ様と再会して話すことができて嬉しいわ」

「ええ。私もヴィクトリア様のお元気な姿を見ることができて嬉しいです。確かヴィクトリア様が嫁がれた国は、音楽が盛んな国でしたよね？」

「そうなのよ。私は音楽の才能がなくてもうピアノは辞めてしまいましたけれど、嫁ぎ先で演奏を聴いたりするから習っておいてよかったと思いますわ。音楽に対して無知だとそれだけで爪弾《つまはじ》きにされることもございますから。ディアーナ様はピアノがとてもお上手《じょうず》でしたよね？今でも弾かれていますの？」

確かに私が知っているお嬢様の演奏はディアーナの演奏に比べてつたないもので、間違えるのが普通だった。だから余計に完成度の高いディアーナの演奏を聴いた時に驚いたものだ。

「ええ。続けているわ。でも私は正確に弾くのが得意なだけで、面白味に欠けると言われているのよ。やはりプロのようにはいかないわね」

「謙遜《けんそん》はいりませんわ。昔から本当に上手でしたから若干《じゃっかん》嫌味でしてよ？　イリーナ様も公爵家に嫁いでから音楽を習っていますの？」

「いえ。私は特に音楽は習ってないです。ダンスの先生はつけていただきましたが、今まで音楽に触れてこなかったので中々手が出なくて……。今後はできれば絵の勉強をしたいなと思っているところです」

ディアーナの完璧すぎる音楽を聴くと、私ではいつになったらそのレベルに到達できるのか分からず、その道を学ぶのに二の足を踏んでしまう。ヴィクトリアがピアノを辞めたのも同じような気持ちになったからかもしれない。私が知っているお嬢様はお世辞にも上手《うま》いとは言えなかった。年下のディアーナの演奏を聴いたら心折れそうだ。

「えっ。イーラ姉様、絵の勉強をするの？」

「はい。その予定です。といっても、まだ始めてもいないのですけど」

ミハエルの絵を増やしたくてという言葉は呑《の》み込んでおく。すっかり私がミハエル教の信者だと知られてしまっているけれど、ミハエルはミハエル様を信仰するのをあまり喜ばしいことと思っていないので、気付かれる前に習ってしまった方がいい。

「あらこれからですのね。今年の冬は外出もままならなかったでしょうし、時間があったでしょう？　ミハエル様も神形《みかたち》の討伐に行かれていて退屈ではなかったかしら？　イリーナ様はどのようなことをして過ごしていらしたの？　流石に出稼ぎはしてませんよね？」

……王女様直々《じきじき》のご依頼で、王宮で出稼ぎしていましたとは言えない。秘匿案件であることもあるけれど、次期公爵夫人としてあり得ない。

「そうですね。流石にもう貴族のお屋敷に出稼ぎはできませんね。……今年は公爵家の生活に慣れるので精一杯でした」

「イーラ姉様は王都の別宅でお兄様展をしていたんだよね？」

「お兄様展？」

ギャア!!　なぜそれを言ってしまったの?!

アセルの口を塞いで名前を叫びたくなったが、公爵家令嬢にしていい行動ではないと思い我慢する。我慢するけれど、顔が引きつる。

「お兄様から聞いたの。イーラ姉様ったら、倉庫整理をして、お兄様の昔の服や姿絵を取り出して、一室を飾り付けして楽しんでいたんだって。食事の時も毎日日替わりでお兄様の姿絵を変えてそれを見ながら食べていたとか。もう片付けてしまったそうだけど、どんな風に部屋を飾ったのか見てみたかったなぁ」

えへっと可愛い顔で笑うアセルはいたずら好きな妖精だ。そしてミハエルも楽しく妹に私の情報を色々詳《くわ》しく流したのだろう。

自分でやったことではあるけれど、大々的にミハエル様展を伝える気はなかったので、カラ笑いしか出てこない。あれは人様に見せないからこそ、やりたい放題した遊びだったのだ。

「新婚なのに俺がいなくて寂しかったから、イーシャは俺のものを集めたんだろうけれどね。でもあの部屋を初めて見た時の衝撃はすごかったよ。いたるところに俺の姿絵が飾られて、その絵姿に合わせるように、かつて着ていた服が置いてあるんだ。よく探し出したなと思うよ。幼い頃の服なんて奥底にしまわれていただろうし」

「ぶはっ。あはははは。ご、ごめんなさい。でも、本当にイリーナ様は、ぷくくっ……変わっていないのね」

しみじみといった様子でミハエルまでアセルに続き私の冬の様子を暴露すれば、ヴィクトリアは吹き出した。そしてお腹《なか》を抱えてひーひー言いながら笑う。ううう。ミハエルは遠征に出ていてその場にいなかったはずなのに、どうしてこんなに色々知っているのだろう。一度見られた時だってすぐに片付けたから確認できたのは一瞬だったはずなのに。やはり使用人に確認をしたのだろう。しっかり屋敷のことも把握しておくなんてすばらしいと言いたいところだけれど、少々辛《つら》い。

ひとしきり笑ったヴィクトリアは目じりに浮かんだ涙をぬぐった。

「十二歳の女の子に護衛をお願いした父も父だとは思うけれど、ミハエル様の姿絵を手に入れるためだけに引き受けるなんて無茶をするから。私、イリーナ様が悪い大人に騙《だま》されたりしないか心配でしたの。でもここでなら、悪人に騙されることもなくミハエル様の絵や服を手に入れ放題ですのね」

「はい。最高の場所だと思っています」

あの倉庫を見た瞬間、この世の楽園はここにあったと本気で思いました。

「婚約するまでにミハエル様の姿絵を手に入れられた幸運はヴィクトリア様のお屋敷の一回だけでしたから……」

「イーラ、本当に？」

「イーラ姉様、言うなら今だよ？」

「イーシャ？」

なぜ、皆、私が嘘をついていると思うのだろう。

貧乏な伯爵令嬢は、仕事中に偶然ミハエルを遠目で見つけるぐらいしかできることなどないのに。でも嘘は言っていないけれど……ミハエルのグッズを集める努力は怠《おこた》っていない。ずっと虎視眈々《こしたんたん》と狙っていたのは確かだ。

「今のは、本当です。ただ、婚約してすぐにミハエル様の姿絵入りのロケットペンダントを手に入れました。すみません」

「えっ。いつの間に？」

「ミーシャも知らなかったの?!」

一体どこでとなった雰囲気に、私は慌《あわ》ててオリガに居室のロケットペンダントを取ってきてもらうように伝える。ミハエル様グッズは公爵領でも売られていないのだから、ちゃんと話しておかなければ公爵家から盗んだと思われてしまうかもしれない。それはミハエル教信者としての屈辱だ。神の嫌がることはしない、神に迷惑はかけない、神に顔向けできないことはしないはミハエル教の常識。ミハエル様の名を汚すような真似《まね》は絶対してはならないのだ。

手っ取り早く身の潔白を伝えるには実物を見せるのが一番である。

オリガが戻ってきたところで、私はテーブルの上にロケットペンダントを置き、中が見えるように開いた。

「本当に出てきた……。この俺って、たぶん去年イーシャと一緒に姿絵を描いてもらった時のだよね？」

すごく小さなものだけど、流石に気が付かれたか。

この絵はそもそもミハエルと私を描いてもらった時に一緒にこっそり描いてもらったのだ。

「あら？　ミーシャから贈られたロケットペンダントは開かなかったのではなかったかしら？」

「はい。似てはいますが、こちらは勿忘草《わすれなぐさ》が付いておりません。こちらは私が個人的に絵画屋で購入したものです」

私は首から下げてお守りにしているロケットペンダントを取り出す。二つ並べれば色味や形は似ているが、全然違うことが分かる。

「そこで姿絵を描いてもらう時に、こっそりミハエル様の絵をお願いしたんです」

「いつの間に……」

いつだってミハエル様グッズを手に入れられるタイミングは逃さない。それが私だ。

ヴィクトリアがこの話を聞いてお腹を抱え大爆笑している。貴族のご婦人とは思えない笑い方だ。私はいたって真面目《まじめ》だが、どうやらツボに入ったらしい。

「……はー。お腹痛い。それにしてもイリーナ様は凄いわ。婚約して、さらに結婚しても、ミハエル教を貫くなんて、中々できることではありませんわ」

「はい！　私以上にミハエル様を愛する者はいないと自負しています」

ミハエル教は心の健康にもいいのだ。ただし布教活動はまったくうまくいっていないけれど。

なぜミハエル教の素晴らしさは伝わらないのだろう。

「俺のことも愛してね」

「も、もちろん。ミーシャのことも……あ、愛していますので……」

恥ずかしい。

公開告白は恥ずかしいが、ミハエルが寂しそうにするのは私も嫌なので、ここはしっかり伝えておく。

「えっ。どういうこと？　なんで今、赤くなっているの？　え？　さっきも愛していると言ったわよね？」

「……二人なりの決まりがあるので混乱しますが、この夫婦は仲がいいと思っておいてもらえれば大丈夫です。お互い愛が重いのは間違いないので」

「うんうん。お兄様とイーラ姉様はいつもこんな感じだもんね」

そんなに人前で愛の告白をしていただろうか？　姉妹もいたたまれなくなるだろうし、場所だけは気を付けなければいけない。

ヴィクトリアは首を傾《かし》げてはいたが、姉妹の言葉もあってかあまり深くは聞いてこなかった。でも普通みんなの前で公開告白したら顔が赤くなっても仕方ないと思う。まだ私は表情を変えずにどこでも愛を語れるレベルには達していない。

「そうなのね。そういえば、こちらの勿忘草のついたロケットペンダントは開かないと言っていたけれど、壊れたものをミハエル様からいただいたの？」

なぜ使えない壊れたものを？　といった様子に、私は慌てて首を振った。これではまるでミハエルが婚約者に壊れたがらくたしか渡さない酷い男のようだ。そんな誤解をされては困る。

「あの。いただいたのはそうなのですが、こちらはミハエルのお婆《ばあ》様の遺品で、お守りとしていただいたものなのです。ミハエル様がお婆様から受け取った時も既にこのペンダントは蓋が開かない状態で……」

慌てて説明する時にロケットペンダントに触れると、なぜか温かく、その違和感にパッと手を離した。自分の体温が移ったにしては温度が高い気がする。でもペンダントが熱くなることなどあるだろうか？

「へぇ。ロケットペンダントとしてではなく、お守りとしていただいたものなのね。中身を見ることができないお守りと言うと、東の島国のお守りのようね」

「東の島国ですか？」

東の島国と言えば、つい最近もバーリン公爵の口から聞いた覚えのある土地だ。

「国交がないのに詳しいね」

「国交がないからこそ、沢山の神秘的な逸話があるのよ。あちらのお守りは袋のようなものに入っていて、中を開いて中身を見てはいけないそうよ」

「中身を見てはいけないって、何が入っているか気にならないのかな？」

「さあ。見たことがないから分からないけれど、見るとご利益《りやく》がなくなるそうよ。きっと特殊なものを入れているのでしょうね」

つまりお守りを作った人だけしか中身が何か知らないものなのか。

国交がないから、中を見られないのは本当かどうか分からないけれど、でも袋の中に入れる形のお守りはきっとあるのだろう。そうでなければそういった話も生まれない。

「ヴィクトリア様は東の島国に詳しいのかしら？」

「東の島国というよりは、お守りとか占いとかが好きで色々調べているの。占いも色々あるのよ。手のしわを見て占うものとか、棒をジャラジャラさせて占うものとか、カードを使うものとか、神形を使って占うという国もあるという噂も聞いたことがあるわ。どうやるかは知らないけれど」

「神形を使うって、ちょっと命がけになりかねない占いですね」

出現したばかりの雪童《スノウチルドレン》や有翼魚《ウインドフィッシュ》などが相手なら大丈夫だろうけれど、氷龍《アイスドラゴン》のような大きなものを使うのなら、近づくだけでも大変だ。逆に命がけだからこそ、未来が見えるというものなのだろうか？

「そうよね。確か大型のものを媒体にするとは聞いたわ。でもそれだけ難しい占いなら、それができた時は当たりそうよね。後は……ロケットペンダントなら鎖が付いているから、ダウジングで使うペンデュラムの代わりになりそうね」

「ペンデュラム？　ですか？」

聞き慣れない単語に首を傾げる。そもそもダウジングという占いも知らないので、いまいちどう使うのかピンとこない。

「ペンデュラムは円錐《えんすい》みたいな先の尖《とが》った石を鎖に繋《つな》げたものを指していて、地面に向けて垂らしてその動きで占うの。その占いの名前がダウジングね」

「えっ。何それ、面白そう！」

真っ先に楽しいことが大好きなアセルがヴィクトリアの話に食いついた。ディアーナも何も言わないが興味津々な顔をしている。

ただミハエルだけは興味深げではあるが、冷静にヴィクトリアを見つめていた。ミハエルならば真っ先に占いを楽しみそうなので珍しい気もするが、あまり興味がないのかもしれない。

「私はダウジングについても見聞きするだけで、実際にはやったことがないから、傍仕えにお願いするわね」

ヴィクトリアは私達にそう説明すると、異国語を使って雪祭りの時の傍仕えの女性に話しかける。一緒に連れてはいるけれど話している姿を見ないなと思えば、どうやら彼女は異国人だったらしい。見目はこの国の女性とさほど変わりなかったので、気が付かなかった。

そして慣れた様子で異国語を操るヴィクトリアの姿に、彼女は確かに異国に嫁いだのだなと思う。服装も言葉もこの国のものなので、ついつい忘れてしまう。

ヴィクトリアからの指示を受けた傍仕えの女性は、ペンとインクを受け取ると紙にさらさらと文字を書く。異国語なので読めないが、形から見てたぶん方角を表しているのだと思う。

「ご説明させていただきマス。ダウジングとはミズをサガスものデス」

「水？」

少し訛《なま》りのある言葉で使用人の女性が説明をするが、単語が足りていないせいで意味がとりにくい。

「ああ。水というのは地下水のことね。そもそもの使い方は見えない水を探すためのもので、棒を二本持ってやることもあるそうよ」

棒二本と逆三角形のものが付いたペンダント。まったく違うものに感じるが、占いなのでそういうものなのだと思った方がいいだろう。

「でもミズイガイに、ウセものもサガセマス」

「へぇ」

失せもの探しもできるということは、水にしろ何にしろ、探し物をする占いなのだろう。

「ペンデュラムはイシやキンゾク、ツカイマス。でも、ウケツガレルものもツカイマス」

「うけつがれるもの？」

「先祖代々受け継がれてきた古いものには力が宿ると言われるのよ。だから、祖母から孫、孫から嫁に受け継がれたものも使えると言っているの」

占いの知識はまったくないので、ヴィクトリアがそういうものだと言うのならば、そういうものなのだろう。

使用人は簡単な説明を終えると、紙の上にロケットペンダントを垂らす。普通は垂らしてもそのままのはずだが、ロケットペンダントは紙の上で不思議な揺れをし始めた。使用人がわざとやっているのかと思ったが、手は動いていない上に、彼女自身も驚きで目を見開いている。

「凄い。本当に変わった動きをし始めるのね」

「えっと、これって方角を示しているんだよね？　何に反応しているんだろう」

私達は別に何かを探したくて始めたわけではない。だけどペンデュラム、もとい、ロケットペンダントは何かに反応しているかのような動きをしている。

ディアーナやアセルだけでなく、ミハエルもこの占いを遊びととらえているようで、この不思議な動きに関しては楽しそうに見ている。

「地下水を探すのなら、もしかしたら温泉を示しているのかもしれないね。バーリン領には沢山あるから」

「確かにありそうね」

「近づいたらもっと激しく揺れるとかあるの？」

「アリマス」

キャッキャャッと物珍しい遊びを楽しむ三人にすごく和《なご》むけれど、ペンデュラムになっているロケットペンダントを見て思う。

今も熱を帯びているのだろうかと。

そしてもしも熱を帯びているのならば、あのペンダントの中には一体何が入っているのだろうかと不思議な気持ちでそれを見ていた。

◇◆◇◆◇◆

なんとかヴィクトリアとのお茶会を無事に終えた私はほっと息を吐いた。私の過去や今の生活が話題になり大ダメージを受けてはいるが、それでもエミリア王女の話題はほとんど出なかったし、大成功と言えよう。うん、私が恥ずかしい思いをしただけで済んだのだから。

それに最強ディアーナ伝の原因は私なので、ディアーナは無関係だと周知できたのもよかった。私が令嬢らしからぬのは今更だ。実物を見て、それほど強くないかとがっかりされる程度のことは、甘んじて受け入れよう。

とにかく目的は果たせたのだが、私は自分の胸に再度かけたロケットペンダントが気になって仕方がなかった。お茶会では楽しい占い講座が開かれていたので、水を差さないようにあえてロケットペンダントの熱のことは言わなかった。それに私の気のせいである可能性だってあるのだ。

でも熱を帯びていると気が付いてからは、やはり首から下げると胸のあたりが温かい気がする。

「オリガ、ミーシャにご相談したいことがあるから、部屋を訪ねるわ」

この程度のことで煩《わずら》わせるのも申し訳ないが、最近は心配事が多いからかどうも精神的に不安定になりやすいのだ。下手《へた》に心配事を抱え込むよりも、相談して、私の気にしすぎだと分かった方が落ち着ける。

「かしこまりました」

既に寝間着に着替えてしまっていたが、私はその上にストールをまいて廊下に出た。薄暗い廊下は肌寒い。私は急ぎ足でミハエルの部屋へと移動した。

「ミーシャ、少しご相談したいことがあるのですが……」

「どうぞ」

ミハエルの部屋は、普段はあまり訪れない場所だ。将来的には二人で過ごす部屋を準備する予定だが、今は基本的に王都で過ごしているのでまだ二人の部屋というものは準備しておらず、私は婚約時に滞在した部屋を使っている。

ミハエルの部屋は姉妹達の部屋のような可愛らしいものや鏡台もなく、シンプルな家具が配置されていた。ただし棚の上などには子供の頃に集めたと思われる神形を模した置物やボトルシップ、おもちゃの剣など、男の子が好きそうなものがごちゃごちゃと飾られている。

部屋は子供の頃から使い続けているそうだ。学校に入学してからはもっぱら寮で生活を送り、就職してからは王都で過ごすことが多いので、このあたりにあるのは小さな頃に大切にしていたものらしい。

できたら一つ一つ、ミハエルの宝物を教えて欲しいなと思うが、それはまた今度だ。ミハエルと結婚したのだから、いつでも思い出話をしてもらうチャンスはある。

「夜に突然すみません」

「構わないよ？　どうかした？」

ミハエルも既に就寝準備を終えて寝間着に着替えていた。寝間着姿のミハエルは色気があって、直視するのが恥ずかしくなる。

「それとも、夜のお誘い？」

「い、いいいいい。いえ。違います。あ、あの、えっと。いや、そういうのが嫌という話ではなくて……あの、そうじゃなくて。本当にちょっとした相談事がありまして」

「イーシャは本当に可愛いなぁ」

私の隣に立ったミハエルは私の髪を一房取って口づけする。それだけで、ポンと私の頭は破裂しそうだ。ミハエルの色気の破壊力は抜群すぎる。夫婦になっても、いつでもドキドキさせられっぱなしだ。

「それで？　相談は何だい？」

「あのですね、実はこのミハエルからいただいた形見のロケットペンダントなんですが……」

私は首から下げていたロケットペンダントを取り外し見せる。触れると、やはり熱を持っているような気がする。しかも昼間のお茶会の時よりも。

「なぜか熱くなっているように感じていまして。普通はロケットペンダントが熱くなるなんてことはないと思うので気のせいかもしれないのですが」

「貸してくれる？」

ミハエルに言われるまま、私はロケットペンダントを渡す。ロケットペンダントに触れたミハエルは一瞬目を見開いた後、眉間にしわを寄せた。

「確かに熱くなっているね。いつからこの状態なんだい？」

「熱を帯びている気がしたのはヴィクトリア様とのお茶会の席です。首から外した時に気が付きました。その時は自分の体温が移ったのかもしれないとも思ったのですが、どんどん熱くなっている気がしまして」

やけどするほどではないけれど、触って温かいと思う状態が続いているのは異常だ。

「何が原因か分からないね。もしかしたらこの中に入っている何かが熱を発しているのかもしれないけれど、開かないからね……。ひとまず今日はやけどするような熱さになるといけないから外しておいて、明日絵画屋に一緒に行ってみようか。あそこならロケットペンダントも取り扱っているから、何か原因になりそうなことを知っているかもしれない」

「はい。お願いします」

私は外したペンダントをミハエルから受け取ると、オリガに燃えやすいものがない場所で保管するようにお願いする。もしも発火するようなことになっても困る。

「じゃあ、イーシャの相談はそれだけかな？」

「はい。私一人だと勘違いかもしれないと思ってしまったので、相談に乗って下さりありがとうございます」

やはりミハエルに相談してよかった。

一人の時は不安になってしまったけれど、ミハエルと話しただけで、すぐに不安が消えた。

「大事な奥さんの話を聞くのは当たり前さ。それでね、俺もイーシャに相談があるのだけど」

「はい。何でしょう？　私でできることなら」

「うん。イーシャにしかできないかな？」

にっこり笑ったミハエルは、惚《ほ》れ惚《ぼ》れするほど美しい。ただし、次の瞬間ふわりと私の体が浮いてギョッとする。

「今晩は一緒に寝てくれる？　ベッドで一人は寂しくて」

「……ひゃい」

あまりに美しい顔が近すぎて、返事を噛《か》んでしまった。ミハエルはそんな私とは対照的に余裕の笑みでベッドまで移動し、そっと私を下ろす。そしてやさしく口づけをした。

できる使用人達は、私が羞恥《しゅうち》に打ち震える前にさっと退室していき、私は二人だけの空間で一晩過ごしたのだった。

翌朝。


「おはよう、イーシャ」

「……おはようございます。ミーシャ」

目を開いて一番にミハエルが見られるというとても贅沢《ぜいたく》な光景に幸せを噛みしめながら私は起きると、一度部屋に戻る。オリガが用意してくれた風呂に入り、きれいに身支度を整えると朝食のために食堂へ向かった。

普段とは少し時間が違うが、食堂ではミハエルがご飯を食べずに待っていた。

「あの、私のことは気にせず食べて下さっていいですよ?」

「何を言っているんだい? イーシャがいる朝食といない朝食、どちらが美味しいかなんて聞かなくても分かるだろう?」

いいえ。公爵家の料理人は皆一流なので、どちらも変わらず美味しいです。

そう思うが、折角待っていてくれたので、お礼を言って私も朝食を食べ始める。今日も多めに用意してもらったキャベツのピクルスを食べながら、確かに私もミハエルを見放題の朝食とそうではない朝食ならば、見放題を選ぶなと思う。……まあ、そう言えるようになったのは最近だけれど。それまではミハエル成分が過多すぎて、見放題は幸せだけれど、ご飯の味が分からなくなってしまいそうだった。

私はとても贅沢に慣れてしまったようだ。

「今日は朝食の後に早速絵画屋に向かおうか」

「はい。さっきオリガに確認をしたのですが、今もロケットペンダントは熱を帯びているようです。やけどするほどではないそうですが」

悪化はしていないけれど、安心するには微妙な感じだ。ミハエルのお婆様の遺品なのだから、壊れてしまっては申し訳ない。せめて熱を帯びている原因が分かればもう少し安心できるのだけど。

「念のため、首にかけるのはやめよう。これから先、発火する可能性がないとはいえないからね」

「そうですね」

手早く朝食を終えた私達は、馬車で絵画屋へ向かった。外は風が冷たくて、まだ冬用のコートは手放せないが、今日も雪はやみ一部青空が見える。

「いらっしゃいませ。ミハエル坊ちゃん、どうかされましたか？　まだカラエフ領には行けませんよ？」

店に入ると、店主の老人がミハエルと私の顔を見て首を傾げた。

「その件ではないんだ。連絡もなく訪れてすまない」

彼が驚くのも無理はない。普段なら事前に使用人に訪れる旨《むね》を店主に伝えてもらっていたが、今日は急ぎということもありそのまま直接来たのだ。

「それは大丈夫ですが、最近は不定休で店を閉めている日もあるので、すれ違いにならなくてよかったです。それで、どういったご用件でしたか？」

「この店はロケットペンダントも扱っているよね？　俺の祖母の遺品なんだけれど、昔から開閉しないものがあるんだ。実は昨日からそのペンダントが熱を放つようになってね。中に何があるか調べられないかと思って」

「熱ですか？　専門ではありませんが、一度見せていただけますか？」

一緒に来ていたオリガが、ペンダントを店主に手渡す。ペンダントを持った店主は明らかな発熱に一瞬ギョッとした顔をしたが、眼鏡をかけて留め具などを調べてくれた。

しばらく凝視し、触ったりした後、店主は首を振って黒縁の眼鏡をはずした。

「これは留め具の故障ではなく、故意的に開かないように溶接してありますね」

「溶接ですか？」

なんでロケットペンダントを？

なぜそんな状態になっているのか分からず私はまじまじとチャーム部分を見つめる。

「ですから無理に中身を見るためにこじ開けようとすると、破損する可能性もあります。そもそもここではそれをするための道具も足りないのですが」

「ロケットペンダントが閉じなくなって無理やり溶接したのかな？」

「分かりませんが、ぱっと見は分からないようになっていますから、もしかしたら元々溶接する予定で作られたものかもしれません」

「そんなロケットペンダントがあるのかい？」

ロケットペンダントと言えば、中に何か入れるためのものだ。初めから溶接してしまっていたら、それはもうロケットペンダントとは呼べない。形だけそれっぽく作ったとしても、一体何のためにと思ってしまう。

「私も開かないロケットペンダントを取り扱ったことはありません。ここで売るのは絵を中にお入れするものだけですから。ですが昔、ロケットペンダントを仕入れる時に、王都で一度だけそんな不思議なロケットペンダントを見たことがありましたね」

「一体、何処《どこ》で見たんだい？　この発熱の原因が分からないから、もしも同じようなものがあるのならば中身が何かを知りたいのだけれど」

元々溶接して売られているものがあるのならば、もしかしたらこの勿忘草のロケットペンダントと同じなのかもしれない。

「ちょっと待って下さい。えーっと、何処だったかな。王都だったのは間違いないのですが。

……確かあれは、そう。異国の品を取り扱う雑貨屋でした。鳩《はと》のマークなので、グリンカ子爵のところですね」

「えっ。グリンカ子爵？」

出てきた名前にミハエルの顔がすごく嫌そうなものになった。

この間も手紙を読まずに破棄してしまおうとするぐらいなので、相当苦手意識を持っているのだろう。

「あそこは店主の趣味もあって、本当に風変わりなものが多く集まりますから」

「あの男の趣味なんて、神形じゃないのか？」

「そうですよ。お知り合いですか？　彼は神形にまつわるものをよく集めていましたから。ただし、そういったものは大抵売り物ではないですけれど」

グリンカ子爵に対して神形にまつわるものの収集について質問をしたことはないけれど、話を聞くだけで彼なら集めてそうだなと思ってしまう。毎年神形である氷龍の瞳を購入する変わり者だし、父と神形談義がしたいためだけに、幼い私に婚約を申し込んで父に領地への出禁をされるような人物である。神形に関して彼はぶれない。

「あの男以外で、こういった溶接されたロケットペンダントを取り扱っている人物は知らないかい？」

「私は知りません。そもそも私は、ロケットペンダントの取り扱いはしますが、それの専門職ではないので。ロケットペンダントを作っている店に顔繋ぎをすることはできますが、無理にこじ開けようとすれば、多少の傷はついてしまうと思いますよ？」

見た目が大事な装飾品だ。傷がついてしまっては使えないし、最悪破損も考えられるのではないだろうか？

そもそもこれはミハエルの祖母からいただいた大切な遺品。絶対壊すわけにはいかない。

「グリンカ子爵ならもうすぐ来客予定ですし、その時にロケットペンダントについてたずねてみませんか？　私はできるだけこのペンダントを傷つけない方向で、中身を知りたいです」

もしもこの先発火してしまうほど熱くなったならば、その前には破損覚悟でこじ開ける必要が出てくるだろう。でも今はまだやけどをするほどでもないし、取り扱いに注意しておくだけでいい。

それならばグリンカ子爵の来訪を待ち、話を聞いてからどうするか考えてもいいのではないだろうか？

「俺もロケットペンダントを傷つけたくないのは同じだけど……はぁ。仕方がない。どうせ彼には会う予定だしね」

ミハエルはすごくしぶしぶといった様子だ。でもひとまず、グリンカ子爵に会ってからこのロケットペンダントの今後を決めてくれた。ミハエルも祖母の遺品が壊れてしまうのは本意ではないのだろう。

「でも、もしもグリンカ子爵がこういった溶接されたロケットペンダントを知っているなら、これも神形にまつわるものなんですかね？」

グリンカ子爵が取り扱う風変わりなものが神形に関係するというのならば、これもそういったものとなる。でも一体どう神形と関係するのか分からない。ロケットペンダントに神形の絵が描かれているわけではないのだ。見た目はあくまで女性が持っていそうなロケットペンダントである。

「あり得るけれど、聞いてみない限り分からないね」

知っていそうな人物に心当たりがあったことはいいが、本当にミハエルは気が進まないようで、深いため息をついたのだった。

四章：出稼ぎ令嬢のロケットペンダント

今日は雪こそ降っていないが太陽を隠してしまうどんより曇り空だった。そしてそんなどんより天気に呼応するように、ミハエルも朝からまたどんよりとした様子だ。

「ミーシャ、辛気臭《しんきくさ》い顔はやめて下さらない？」

「お兄様がため息をつくから、天気も悪くなったみたいだよ？」

「天候も操るとは流石《さすが》ミハエル様ですね！」

「イーラ……」

「イーラ姉様……」

姉妹達がミハエルを元気にしようと声をかけていたので、私も一緒に乗ってみたが、なぜか姉妹から可哀想《かわいそう》な人を見るような目で見られた。

「あの？　……流石に冗談ですよ？」

暗くなるミハエルを少しでも笑わせられるようにしただけだ。天候は操れなくても私の気分はミハエルに左右されるので、できれば笑顔でいて欲しい。

「ごめんなさい。イーラが言い出すとなんだか本当にそう思っているように思ってしまって」

「うんうん。イーラ姉様なら、言いかねないよね」

ミハエル教の信者度が高すぎるせいで、冗談を冗談に思っていただけなかったようだ。でもミハエルが微笑《ほほえ》めば、どんな曇り空でも世界が明るく輝いて見えるのであながち間違いではない。ただしこの感覚はドン引き案件だと思うので心の中で思っておくだけに留《とど》めた。

「ああ。なんで今日はグリンカ子爵が来る日なんだ……」

「なんでそんなに苦手なのよ」

それは色々あったからなのだが、一言で説明するのは難しい。それに彼は既婚者で、私も既婚者。その上彼の興味は神形《みかたち》一点のみ。どう考えても安全な部類の男性だろう。

でもまあ……ミハエルの気持ちは分からなくもない。

「色々あるんだよ。とにかく彼をイーシャに近づけたくない。イーシャこれから病気にならない？」

「なりませんし、父への手紙もお願いするのですから、ちゃんとそこはお礼を言いたいです」

病気知らずで、いつでも健康体なのが私のいいところの一つだ。それにどんな相手だろうと礼節は忘れたくないし、次期公爵夫人だからと高飛車なことをして、巡り巡って公爵家の悪評になったら困る。

次期公爵夫人となったからには噂《うわさ》にも気を付けないといけないと、ディアーナの件で学んだ。完璧《かんぺき》な貴族らしい公爵夫人になるのは無理だということはここ一年で感じていた。そのため、前にオリガが言っていたように外面だけ取り繕う方向で頑張ろうと思うのだ。外面だけなら何とかなる……というか、何とかする。そのためにも私は【どんな時でも礼節を忘れない淑女月間】を始める必要がある。

そんなたわいもない話を、朝食を食べながらしている時だった。

カチャカチャカチャカチャと食器が音を立てた。食べる時にフォークを皿にぶつけただけの時とは違う動きに、うん？　っとなり食器を見る。

揺れている？

そう思った時だった。

ドンっと突き上げるように部屋全体が揺れた。

「キャアッ!!」

「えっ？　何?!」

私だけが揺れているわけではなく、部屋の中のものすべてが揺れ、ガシャンと音を立てて、テーブルの上の食器が床に落ちる。

その様子におびえた姉妹が叫び、椅子に座った体勢のまま固まった。

「机の下に入りましょう!!　使用人も全員!!」

こんなに揺れたら頭の上に何かが落ちてくるかもしれない。外に逃げ出す方が危なそうだ。

私がとっさに呼びかけ机の下に潜《もぐ》れば、遅れてミハエルや姉妹達それに使用人達も頭を守る体勢になる。まるで大型の神形が屋敷で暴れているかのようだ。

一体何が起きているか分からないままだったが、しばらくすれば揺れが止まった。

「と、止まった？」

「止まったみたいだね。イーシャ、手を」

ミハエルに手を引っ張ってもらい立ち上がる。姉妹達も使用人に手を引かれて立ち上がった。

机の下から出た私は、棚が倒れてしまっている部屋を見て絶句する。

食器が落ちたのは知っていたけれど、こんなものまで倒れたなんて。とっさに頭を守るようにしてよかった。

姉妹だけではなくミハエルですら茫然《ぼうぜん》としているようで全員が無言で部屋を見つめる。使用人も茫然としていたが、はっとしたように片付けを始めた。

「イリーナ様、割れたものもあり危険ですので、一度お部屋に戻《もど》っていただいてもよろしいでしょうか？」

「ちょっと待って。揺れたのはこの部屋だけとは限らないんじゃないかい？　部屋に行っても大丈夫かい？」

ミハエルの言葉にオリガははっとした顔をした。この状態では朝食どころではないのは分かるけれど、ぐちゃぐちゃなのはこの部屋だけではないかもしれない。

「えっと、では……」

「俺達は部屋の隅にとりあえずいるから、まずは今いる使用人でこの部屋を片付けてもらうのと、オリガにはそれぞれの居室を確認してもらっていいかい？　ああ。その前に父上に全員食堂にいると伝えてもらってもいいかい？」

「かしこまりました」

若干《じゃっかん》パニック状態のオリガにミハエルは指示を出す。

居室も似た状態だった場合戻れないし、ばらばらにいるより、全員で一緒にいた方が安心はする。原因が分からないのだから、また揺れないとも限らないのだ。

「それにしても、今のは一体何だったのかしら？」

「家の庭で神形でも暴れているのかと思ったよ。怖かったぁ。止まってよかったね」

「たぶん今のは地震と呼ばれるものだとは思うけれど、俺も実際に体験したのは初めてだから、絶対それだとは言えないな」

ディアーナの疑問にミハエルは答えるが、ミハエルも正確なことは分からないようだ。私も地面が揺れるなど初めての体験だった。アセルが言うように、氷龍《アイスドラゴン》が家の庭で暴れているような衝撃だった。

しばらくすれば義父にエスコートされて義母がやってきた。穏やかな笑みは浮かべているが怖かったのだろう。義母の顔色はあまりよくない。

「お義母《かあ》様、お怪我《けが》などございませんでしたか？」

「ええ。大丈夫よ。ありがとう。イーラは大丈夫？」

「はい。私も含め皆怪我はしませんでしたが、食器が……」

「食器なんてまた買えばいいのだから、怪我がないのが一番だよ」

公爵家で使われている食器は白磁で、木で作られたものとは違い、かなり値段が張るものだ。簡単に買えばいいと言えるものではないけれど、私達の方が大事だと言って下さるのはとてもありがたいことだ。

「父上。今のは地震でしょうか？　それとも、火の神形が暴れているということはありませんか？」

「さっき確認をしてきたけれど、火の神形の仕業《しわざ》ではないようだよ。だからたぶん地震なのだろうね。もう少し揺れの小さいものではあるけれど体験したことがあるから間違いないと思う。今、使用人にバーリン領の様子と王都の様子を探らせているところだ。地震というのは広範囲の大地を揺らすものだそうだからね」

火の神形を確認というのは、公爵の部屋にあるランタンの炎を確認したということだろう。揺れてからほとんど経《た》っていないので、外に調べに行く時間はないはずだ。でも火の神形が暴れていると言われなくてよかった。火の神形がこんな地面を揺らすような暴れ方をしたのなら、一体公爵領でどんなことが起こるのか分からない。

「家だけが揺れるわけじゃないんだ……。ねえ、もう揺れたりしないよね？」

「どうだろう。地震には余震というものがありこの後も揺れることがあると聞く。それにもっと大きな揺れが起こる可能性もあると前に体験した時は言われたな。実際には起きなかったが、今回も同じとは言えない」

「また揺れるの？」

アセルが不安そうな顔をし、その肩をディアーナが抱く。

地震というものがよく分からないのだから当たり前だ。これ以上大きな揺れが起きたら、屋敷が積み木の家のように崩れてしまったりするのではないだろうか？

「この一回だけでということもあるみたいだからこればかりは、何とも言えないね。後は地震が起きた時は津波が起こることもあるらしいから、王都が心配だね」

津波と言えば、去年も水大烏賊《クラーケン》が出たはずだ。もしかしたら去年と同様に大物の水の神形が出ているかもしれないと思うと、王都が心配になった。ミハエルも深刻そうな顔をしている。

「ここでいたずらに不安になっていても仕方がないから、少し外に出て屋敷の様子を見てみようか。家具が倒れてしまっているから、私達が屋敷の中にいても片付けの邪魔《じゃま》なだけだからね」

バチンと公爵が私達に対してウインクをする。そして使用人に気遣わせないよう、少し全員で外の空気を吸いに出ると伝えた。

公爵もこんなに揺れたのは初めてだと言っていたのに、堂々としていて流石だ。

「イーシャ行こうか」

「はい」

私は使用人からコートを受け取り羽織《はお》るとミハエルの手を握り返し外へ出た。

庭の様子は地震前とさほど変わりはなく、そこまで酷い影響はないようだった。それだけでも少しだけほっとする。建物も中はあれだけぐちゃぐちゃになっていたが、壊れた様子はない。

「ああっ。お姉様！　見て！　こんな場所にヒビがあるよ！」

「……たぶん地震でよね？」

アセルが見つけた壁のヒビをディアーナも眉をひそめながら顔を近づけて見ている。それでも部屋の中にいた時は口数が少なかったのが、会話が出るようになり、二人の顔色も少しだけよくなった。きっと私と同じで何もかもが壊れたわけではないと分かってほっとしたのだろう。

しばらく外を散策していると、食堂と、各自の寝室の清掃が終わったと使用人に伝えられ、私達は部屋の中に戻った。安心はしたけれど、外は寒い。

先ほどとは別の意味でみんなの顔色が悪くなっている。特に義母やディアーナ、アセルは寒さに弱いようだ。

姉妹は不安なのでお互い同じ部屋で過ごし、義母は使用人の指揮をとるそうだ。ミハエルや公爵はそれぞれ情報の収集をすると言ったので、私は居室の確認をするため一度自分の部屋に戻る。そして確認が終わった私は誰かの邪魔をしないよう一人のんびりと筋トレをすることにした。……家具などを片付ける使用人を見ていると、私もついつい片付けをやりたくなってしまい、体がうずくのだ。

大丈夫。居室でやったので、オリガにしかバレてはいない。うん。問題ない。

夕食時に全員で集まり、皆で今日のできごとを話す。

「私達は折角《せっかく》だから模様替えをやっていたよ」

「どうせ全部片付けなければいけないのだしね。いらないものを片付けたり、物の配置を変えたりしてみたわ」

「昔使っていたものとか、見直すのは結構楽しかったよ。古い家具とかおしゃれなのもあったし」

なるほど。家具が沢山《たくさん》あるとそういう遊び方もあるのか。使わない家具や小物などない私には思いつかない遊び方だ。実家なら、どうやって壊れた家具を補強して使い続けるかで頭を悩ませていただろう。……実家は大丈夫かな。後で実家に渡す予定の手紙にそのことも付け加えておこう。

「バーリン領はこの屋敷と同じように、家具などが倒れたりはしたそうだけど、家屋が壊れた場所はなかったようだ。とにかく火災が起こらなくてよかったよ」

「火災……」

そうか。まだどこの家庭でも暖炉で火を使っている。下手《へた》をしたら大火災が起こっていたかもしれないと聞くとぞっとする。

「怪我をした方はいらっしゃるの？」

「それなりに怪我人は出たそうだ。でも今のところ死者が出たという話は出てない。ただし町の中は混乱しているみたいだね」

「王都の方も揺れが起こったようだよ。でもそこまで酷《ひど》くはなくて、海で大型の水の神形の出現はなかったらしい。ただし時間差で大型の神形が出ることもあるから、今も武官が警戒して海に変化がないか確認しているそうだ」

王都の方がそれほど酷い被害ではなくてほっとする。去年大型の水の神形が出現し津波が来るかもしれないとなった時も大混乱になっていたのだ。地面が揺れた上にそんなことになれば、去年以上の混乱が起こっただろう。

「グリンカ子爵はバーリン領に来る日を一日遅らせるそうだよ。明日、彼に聞いた方が王都の様子がもう少し詳《くわ》しく分かるかもしれない」

「ああ。そういえば来ませんでしたね」

地震のせいで使用人はずっと片付けをしていたし、そうでなくてもなんとなく皆落ち着きなく、私もうっかり忘れていた。

「彼の使用人がわざわざ遅れる旨《むね》を伝えに来てくれたんだ……来なくていいのに」

「まあまあ」

ぼそっとわざわざ付け加えるミハエルに苦笑する。

でも明日には来るということはそこまで王都の被害は酷くなかったのだろう。

地震があって片付けも大変だったはずなのに、夕食のメニューはいつも通りのものだったためか、食事を食べている時の公爵家のみんなの表情は明るかった。地震が朝以降起こっていないので、また起きるかもしれないという不安が薄れたのもあるが、いつも通りというのがきっとほっとさせたのだ。流石は公爵家の料理人。キャベツのピクルスすら手が止まらないぐらい美味しく作るだけある。

部屋に戻った私は、少し食べすぎたかなとお腹《なか》をさすりつつ、部屋の椅子に腰かけた。

「オリガ、ロケットペンダントを持ってきてくれる？」

「かしこまりました。少しお待ち下さい」

昼の間はずっと外しておいたロケットペンダントを持ってきてもらう。オリガはブリキ製のケースを持ってきた。燃えにくい箱の中に入れて保管をしてくれているようだ。

ケースを開けてロケットペンダントに手を伸ばし、すぐさま手を離した。

「あつっ」

「大丈夫ですか？」

「ええ。大丈夫。少し驚いただけだから」

やけどでもしたのかと慌《あわ》てて私の手に触れたオリガに首を振る。オリガも私の指先を見て、赤くなっていない様子にほっと息を吐いた。

「申し訳ございません。私が先に確認してからお渡しすれば……」

「気にしないで。私がもっと慎重になればよかっただけだし、かなり熱いけれどやけどするほどではないから。心配してくれてありがとう」

「と、とんでもございません」

恐縮するオリガに苦笑いしつつ、私は発熱を続けるロケットペンダントを見た。もう勘違いとは言えないぐらいの熱を放つようになっている。

なんでこんなに熱くなっているのだろう。

地震だって、本当にもう起きないのか分からない。私は不安が積み重なっていく状況に小さくため息をついた。

◇◆◇◆◇◆

翌日。

「お久しぶりです。再びお二人にお会いすることができて嬉《うれ》しいです」

エントランスで久々に会ったグリンカ子爵はグリンカ子爵だった。二人と言っているが、目線は私に固定だ。穴が開くのではないかと思うぐらい私のことだけを見ている。私より美しく可愛《かわい》らしい、ディアーナとアセルが同席しているにもかかわらずだ。

あまりに私だけ見ているのを見て、姉妹の顔が引きつっている。ぶしつけとかそういうレベルではない見方だ。まるで実験モルモットにでもなって観察されている気分だ。

「あまり妻を見ないでくれるかな？」

「それはすみません」

私とグリンカ子爵の間に入るようにミハエルが立てば、カッと見開いていた目を通常形態である糸目に戻した。それに対して、やはり姉妹がドン引きしているのが分かる。おかしな空間になってしまって申し訳ない。

「イリーナ様に対して、恋愛感情は一切ないのでご安心下さい」

ご安心下さいと言われてもまったく安心できない視線なのですが？

遮られても何とか私の姿が見られないかなという方向に顔が向いている気がする。恋愛感情ではないのなら、一体何感情で私だけを見ているのか。グリンカ子爵の興味があるのは神形だけのようだけれど、私は神形ではない。

「……お茶を準備してあるから、よければどうぞ」

「では、お言葉に甘えて」

すごく、しぶしぶといった様子でミハエルがお茶に誘えば、グリンカ子爵が素直に従う。ミハエルが断ってくれないかなといった雰囲気を思いっきり出しているのに子爵の心臓は強い。

サロンの方では使用人がサモワールを用意してくれていた。カップも昨日の地震で数客駄目《だめ》になったそうなので、使えるものがあって本当によかった。

サロンを掃除してくれた使用人達にも感謝だ。きっと昨日の時点ではぐちゃぐちゃで、使用できない状態になっていたと思う。

「グリンカ子爵は王都の方から来られたのですわよね？　地震の被害は大丈夫でしたの？」

「ええ。地面は揺れましたが特に混乱は起こっていませんから大丈夫ではないですかね？」

ディアーナの質問に対して大丈夫というのならば大丈夫なのだろうけれど、彼は神形の研究を中心に置いたものの見方をする。そのまま言葉通り受け取っていいものか迷う。

「昨日は来られなかったようでしたけど、お店は大丈夫でしたか？　小物を多く取り扱っていましたよね？」

混乱が起きていないという言い回しが、微妙に気になって私はお店の様子をうかがう。前にグリンカ子爵の店に行った時は、沢山の小物が置かれていたのだ。もしもバーリン領と同じぐらい揺れたのならば、きっと転落したものもあるのではないだろうか？　もしも何も落ちていないのならば、揺れはバーリン領よりも小さいもので本当に大丈夫だったのだろう。

「ああ。飾ってあった商品が地震で転落してしまったりしたので一時営業を中断して、店の者が片付けをしていますね。今日も私が出かける直前に倉庫の方で壊れたものがないか確認をすると言っていましたね」

それ、大惨事じゃないですか？

特に困った様子もなく話すけれど、店が開けられない、商品が壊れたかもしれないとか、かなり店としては痛手ではないだろうか？

「ねえ。それは混乱しているに入らないの？」

「水害が起こったわけではないですし、この程度ならば混乱しているうちに入らないと思いますが」

「水害って、もしかして津波とかですか？」

「はい。王都で津波が起きたらひとたまりもないですからね。すべて流されるか、水に浸《つ》かりますから、商品の片付けをしていられる状態ではなくなるでしょう？　それに昨日神形に関するものの確認は終えましたが、そちらは破損などもなかったので、問題ないですね」

グリンカ子爵は笑顔で話すが、たぶん店で働いている人は、んなわけあるか!!　と思っていそうだ。やはり大丈夫の基準が違う。

津波が来てないから大丈夫というのはいくら何でもおおざっぱすぎる。

「もしも大型の水の神形の出現を見逃したらいけないと昨日は海の近くで待機したのですが、結局何も起こらなかったんですよね。厚着して冷たい海風に耐えたのに何もないなんて、よくよく考えると大丈夫ではなかったですね」

「海の近くで待つな」

「なぜです？　大型の水の神形なんてそうそう見られるものではありませんよ？　それにちゃんと武官の仕事の邪魔にはならないようにしていますから」

間髪入れずにミハエルがツッコミを入れるが、心底不思議そうな顔をするグリンカ子爵は頭のねじが二、三本抜けてしまっているのではないかと思ってしまう。大型の神形が出たら危険以外のなにものでもない。

グリンカ子爵の雑貨屋はとても繁盛しており、商才があると思っているのだけれど、天才と何とかは紙一重というやつかもしれない。

「去年大型の水の神形が出現した時は、海辺へ見に行こうとしたら、従業員に避難所へ引きずられてあまり見られなかったんですよ。後から目撃した漁師にたずね回ったところ、出現したのは水大烏賊で海上でも中々あのサイズには出会わないと聞かされ、どれだけ悔しかったか。あの時は血の涙が出ると思いましたね」

去年は店の従業員が頑張ってグリンカ子爵を避難させたんだ。それをしなかったのは従業員も店の片付けでそれどころではなかったからだろう。

もしも去年避難していなかったら私が討伐している姿をばっちり目撃されていて、付きまとい事件が勃発したかもしれない。そう思うと、素晴らしい判断である。いや、違う。人命優先という観点からもいい仕事をした。グリンカ子爵は海の中にドボンと沈められたら、そのまま沈んでいきそうだ。泳ぎが上手《じょうず》には思えない。

「大型の水の神形が出なくて本当によかったよ」

「まあ。確かに。津波が起きたら今までの研究結果も流されてしまいますしね。ある程度は複製を作って、別の場所に保管しないといけないと今回のことで思いました」

一体どんな研究をしているのかは分からないが、十中八九神形に関する研究だろう。命よりも大事なのかと思うと、生暖かい目線になってしまう。

「……なんだか狂信者の時のイーラ姉様みたい」

えっ？　なんですと？

ぼそりと呟《つぶや》かれたアセルの小さな独《ひと》り言《ごと》に、私は衝撃を感じ、胸を押さえた。嘘《うそ》。私、グリンカ子爵みたいなことしていた？

確かにミハエルのためならば、命を懸けられるし、ミハエル様グッズの避難を真っ先に考えてしまいそうだ。そう思うと、グリンカ子爵の行動は普通だ。置き換える前は、あり得ない行動だと思っていたのに。

……なんだかショックだ。

「地震が起きたのですから、せめて土の神形を見られたらよかったのですが、彼らは地中にいるので、やみくもに探しても見つけられないんですよね」

困ったなぁという顔をしているが、私達が思う困ったなぁと彼の困ったなぁには大きな違いがある。無視すべきか大変悩ましいところだ。

「へぇ。土の神形は地中にいるのね」

「そうです。水の神形が水の中にいるように、土の神形は地中に存在します。小型のものだと、モグラのような姿のものやミミズのような姿のものになりますね」

アセルの相槌《あいづち》にグリンカ子爵が嬉しそうに補足説明を入れる。

土の神形はあまりこのあたりでは見られないものだ。土砂崩れの前兆で時折出てくるが、ほぼ事前に気が付くことはなく、何の対策もとれないまま土砂崩れが起きる。だから土の神形は退治することはあまりない。長雨が降ったり、土砂崩れの前兆音などがあったりすると、父は退治するのではなく避難指示を出すようにしていた。

「土の神形は東の島国でよく出現すると聞きます。大型のものですと、【地龍《アースドラゴン》】が有名ですね。全身が土でできているそうですよ」

「土龍《ソイルドラゴン》ではないのね」

氷の神形だと氷龍なので、土の神形ならば呼び名は【土龍】になってもおかしくはない。不思議そうにディアーナが疑問を口にすると、グリンカ子爵の糸目が一瞬キラッと光った。

「流石公爵家のご令嬢です。よく気が付かれました。土の神形の最終形態ともいえる地龍ですが、彼らは地面を揺らす地震を引き起こすため、地龍と呼ばれているのです。地龍は体が長く、翼なども持たない形状で、同じ龍でも氷龍とはまったく違うと文献にはあります。ただあちらにはオロチと呼ばれる大きな蛇の形の神形もいるので、どこがどう違うのか一度は見比べてみたいものです。さらに古い文献に八つの頭を持つ巨大な蛇の形の神形が出たというのもありますが、それは水の神形らしいのでもっと詳しく現地の住民に聞きたいですよね。この国でも蛇の形をした神形は出現しますが、頭の数が多いものは聞いたことがありませんし——」

グリンカ子爵は開眼し流れるように怒涛《どとう》のうんちくを語った。終わりが見えないどころか、相槌を打つ場所も分からない喋《しゃべ》り方だ。もの凄《すご》いディアーナが引いている。

「——さらに地龍は飛ぶものもいるという伝承があるのです。翼がないのにですよ？　これを可能としている方法で考えられているのは、地龍は重力を操るという説と、体が土や石でできていることから、磁石の反発の力を使っているという説があるようですが、まだ解き明かされていないそうです——」

止まらない。

えっ。むしろ、どうやって止めるの？

これを父はずっと付き合って聞いていたのかと思うと、感心してしまう。しかもこの怒涛のうんちく話が全部頭の中に残っていくのだ。自分の父親が凄いと心の底から思う。

「地龍が同じ龍でも氷龍とは違うことは十分分かったよ。ありがとう。ところで実は雑貨のことで聞きたいことがあるんだけどいいかい？」

あまりに話が長く、どこで息継ぎをするのだろうと、ドン引きを超えて若干感心気味に見ていると、ミハエルがブツリと強制的に話を止めた。流石に次期公爵に止められればグリンカ子爵も話し続けるわけにはいかないと理性が働いたらしく、開眼していた目を糸目に戻し、お茶をごくごくと飲み干した。流石に喋りすぎてのどが渇いたらしい。

「はい。私に分かることでしたらお聞き下さい」

「実は俺が祖母からいただいて、イリーナにあげたロケットペンダントなのだけど、数日前から急に熱を持ち始めたんだ。中身が原因なのかと思うけれど、溶接されていて開けることができないんだ。そんな時、グリンカ子爵の雑貨屋で同様のものを見たと——」

「見せて下さい!!」

ミハエルがロケットペンダントについて話していると、その言葉を遮るようにグリンカ子爵が叫んだ。普通ならば爵位が上の人物の言葉を遮るような無作法は許されないけれど、そんなマナーが頭から抜け落ちるぐらいの大興奮だった。目を開眼させただけでなく、鼻息も荒い。

「もちろん見せるのは構わないけれど……」

「できるなら、見るだけでなく触らせて下さい。お願いします。この通りです」

「わ、分かったから。壊さないならば、触ってもいい」

ミハエルに対して拝み始めたため、ミハエルが引いた。ついでに姉妹達はずっと引いている。

それにしても、グリンカ子爵がここまで反応するということは、ロケットペンダントが神形関係だということは間違いないだろう。でも一体ロケットペンダントとどういう繋《つな》がりがあるのかピンとこない。

オリガがブリキのケースに入れたまま机の上にロケットペンダントを置くと、グリンカ子爵は目をキラキラと輝かせた。そして薄手の手袋をはめなおし、上着のポケットからスッとルーペを取り出した。慎重にケースを開けると、じっとルーペ越しにペンダントを眺める。えっ？

「なんでルーペを持ち歩いているんだい？」

手袋はまだしもルーペは常にポケットに入っているものではない。

「神形研究者を名乗るのならば、いついかなる時でも観察ができるように道具を持ち歩くことは当たり前のことです。むしろ持っていないのは素人《しろうと》です」

いつ、グリンカ子爵は神形研究者になったのだろう。凄い神形が好きなのは知っているけれど初耳だ。いついかなる時でも観察を優先する姿勢にミハエルが引いているが、私はその言葉を自分に置き換えてみる。

ミハエル教の信者を名乗るならば、いついかなる時でもミハエル様を守るために武器を服に忍ばせておくことは当たり前のことで、むしろ持っていないのは素人です。

どうしよう。完璧に理解できてしまう。

そのため私は賢く黙ることにした。そうか。これが周りから見た私の姿かと思いながら。

……ディアーナが噂で困っていることもあるし、今後はもう少しだけ周りからの目も気にしていこう。

「はぁ。とてもいいものを見せていただきました」

「それで、何が入っているのか分かったのかい？」

「ええ。おおよそは。東にある島国では土の神形の一部をお守りとして袋に入れて持ち歩く習慣があるんです。そしてその習慣は西の国に伝来し、こういったロケットペンダントに土の神形の一部を入れるようになりました。そういったロケットペンダントはこのペンダントのように初めから溶接され開かなくなっています。たぶんこれもそれと同様のものでしょう」

土の神形がこの中に?!

私はギョッとしながらロケットペンダントを見た。まさかこの中に土の神形の一部が入っているなんて思いもしなかった。

「土の神形は大型のものしか保管は難しく、効力もないと言われています。大型というのならば、きっと地龍だと思われます。しかしそのようなものは中々手に入りません。かくいう私も偽物をつかまされました。とても希少なのは分かります。それでも偽物だと気が付いた時、どれだけ悔しく血の涙を流したことか」

ぎりぎりとグリンカ子爵はその時のいらだちを思い出したかのように歯ぎしりをした。

「しかし公爵家が手に入れたものならば本物の可能性が極めて高い。熱を発するとなると、砂鉄などが関係するかもしれませんが、砂鉄で熱を発生させるには酸化が関係するので、酸化しきってしまえば熱も消えます。このように長時間ずっと熱いままということはあり得ません。つまりこれは人知を超えた現象です。人知を超えた現象と言えば神形。ということはその点から見ても中身が神形である可能性が極めて高いと言えるでしょう。他には何か不思議なことは起こっていないのですか?!」

何か他に情報があれば下さいとぐいぐいグリンカ子爵が来る。姉妹はもう達観した顔をしていた。

「えっと、不思議なことと言えば、このペンダントで異国の占いをしてみたら不思議な動きをしまして――」

「異国の占い?!　異国の占いとはどのようなものなのですか?!」

私は勢いに押され、ヴィクトリアと一緒にやった占いの話をしてみたが、想像以上に食いつかれた。

「ダウジングと呼ばれる占いで、地下水や失せものなど、何かを探す時に行うようです。ロケットペンダントはダウジングで使う道具のペンデュラムの代わりに使ったのですが、下に方角を書いた紙を置き、その上で鎖を持って垂らすと不思議な動きをするという簡単なものでした」

「やりましょう!!　やらせて下さい!!　絶対この疑問を解き明かさなければいけないと思います」

「ええっと。ミーシャ。どうしますか？」

占いなんて遊びのようなものだ。だからその話でここまで反応するとは思っていなかったので、助けを求めてミハエルを見る。

「仕方がないね。やってもいいよ」

ここで断る方が面倒だとミハエルの顔に書いてある。そこまで難しいことではないので、これでグリンカ子爵が納得するなら私もそれでいい。

今後もこの件で付きまとわれる方が迷惑だ。

「確かこの間書いてもらった方位の紙、残してあったよね？」

「はい。今お持ちします」

ミハエルが問えば、ミハエルについている執事が動き、さほど時間を経《へ》ることなく持ってこられた。その紙を机の上に広げ、ミハエルはペンダントをその上で垂らす。しかしロケットペンダントが不思議な動きをすることはなかった。

「この間はこれで動いていたはずなんだけどね？　やっぱり何かトリックがあって、わざと動かしていたのかな？」

「私にも、私にもやらせて下さい！」

グリンカ子爵がはいっと真《ま》っ直《す》ぐ右手を挙げたので、ミハエルは交代する。グリンカ子爵はわくわくといった表情でロケットペンダントを垂らしたが、多少揺れるものの、変な動きをすることはなかった。やはりあれは、お茶会を盛り上げるためのパフォーマンスだったのかもしれない。

「その時はどなたが占いをされたのですか？」

「ヴィクトリア様が連れていた使用人の女性がやっていたね。彼女以外はこの占いに詳しい者がいなかったから」

「なら女性の使用人の方にもやってもらえませんか？」

「……オリガ、頼めるかしら？」

「かしこまりました」

嘘だったのかどうかを証明しなければ、グリンカ子爵は納得してくれなさそうだ。なので、女性の使用人ということで、オリガにお願いする。

オリガはロケットペンダントを受け取ると、丁寧な動きで紙の上に垂らした。最初は垂らした時の揺れかと思ったが、明らかに楕円《だえん》を描くようにぐるぐると動いている。

「オリガが動かしているわけではないのよね？」

「はい。動かさないようにしているのですが……」

オリガはペンダントを持つ右手を左手でつかみ、小刻みに揺れないようにするが、それでもペンダントは揺れている。ミハエル達がやった時とはまったく違う。

「す、すばらしい。で、できましたら、イリーナ様、ディアーナ様、アセル様も、是非やって見せて下さい!!」

私達は顔を見合わせたが、ここまで来たら全員体験してもいいかと、順番にすることになった。最初にオリガから手渡されたのは私だ。垂らすように鎖部分を持てば、紙の上に行く間もなく、ぶんぶんと楕円を描くように揺れた。自分では何もしていないつもりなので、不思議な感覚だ。

「えっ。凄い。本当に動きました」

動いたことに驚き、興味津々で覗《のぞ》き込むアセルに渡せば、アセルでも同じ現象が起こった。そのままスライドするようにディアーナも持てば、やはり同じように動く。どちらも自分では何もしてないようで、すごく驚いた顔をしていた。

ここまで来たならばと念のために男性の使用人にもやってもらうが、彼が持った時はロケットペンダントが振り子運動をすることはなかった。

「つまりこれは女性のみ反応するということですね。そういえば東の島国ではミコと呼ばれる女性がおり、彼女達は神の言葉を聞くとか聞いたことがあります。もしかしたらこうやって占うことを指しているのかもしれませんが……どうして私は女性ではないのでしょう？　ドレスを身に着ければ占えるようになるのでしょうか？」

「女装に騙《だま》されて言葉を贈る神様がいるなら、それは相当間抜けだよ……」

ここで女装されたらたまらないと思ったらしいミハエルがグリンカ子爵を止めた。確かにドレスを着たぐらいで騙される神様というのは、少々残念な感じがする。でもミハエルの女装ならば騙されそうと少し思ってしまったが、口にしたら確実に怒られると分かるので黙っておく。

「このロケットペンダントの中身が土の神形の一部だとしたら、このダウジングが示す先に土の神形がいるのかもしれません。昨日の地震のこともありますし、是非調べていただけませんか？　そして、同行させて下さい!!　私は神形に関しては、この国で二番目に詳しいと自負しております！」

二番かどうかはさておき、間違いなく詳しいだろう。

それが嫌というほど分かる喋りだった。

「一番ではないんだね」

「カラエフ伯爵には負けますので」

えええええ。……私の父、そんなに知っているかな？

ずっとグリンカ子爵のうんちくを聞き続けていたのなら、記憶力だけはいい父の中にすべて入っているので詳しくなっているのは間違いない。けれど、それだけではグリンカ子爵の知識は超えないはずだ。

「それで、土の神形の調査はどうされますか？　今なおロケットペンダントが熱を持っているというのならば、まだ地中には大型の土の神形がおり、今後この地を揺らすのかもしれません。次期バーリン公爵としては見逃せないのではないでしょうか？　是非、調査すべきです。調査しましょう」

グリンカ子爵は必死に理由を挙げてミハエルに調査を求める。本当に大型の土の神形がいて、今後それが原因で再び地震が起こるかもしれないというのならば、念のために調査をするのは正しい。

でもグリンカ子爵が進言すると、とにかく大型の土の神形を見てみたいという、好奇心で言われている気がしてならない。いや、事実そうなのだろうけれど。

だからかミハエルはすごく嫌そうな顔をした。

そして深く、深くため息をつく。

「建前としてはもっともな言い分だね。万が一大型の神形がいて、その討伐を怠《おこた》ったことにより王都で大きな被害があればバーリン公爵が咎《とが》められることになる。念のため、まずは調査をしよう」

土の神形は地中に生息するので、討伐できなくても咎められる可能性は少ないと思う。しかしもしもグリンカ子爵が、事前にバーリン公爵は知っていたなどという話を流布《るふ》すれば、王家との関係性にヒビが入るかもしれない。

「なら、地図を広げてダウジングをやってみましょう！」

さあやりましょう。今すぐやりましょう。

新しいおもちゃをもらった子供のようなグリンカ子爵を前に、ミハエルは疲れた顔を隠しもせず使用人に地図を持ってくるように命じた。

しばらくして机の上に国全域が描かれた地図が広げられた。

「えっと、では私がやってみていいですか？」

誰がダウジングをするのかと顔を見合わせたので、ミハエルからロケットペンダントを譲り受けた私が申し出ることにした。誰からも反対はなかったので、ロケットペンダントを手に取る。しかし本当に土の神形がいるのならば、当てなければいけないので責任重大だ。

本当に動くだろうか？　と不安に思いながら垂らしたが、ぶんぶんと激しく動いてくれた。楕円に動くので振り子が一番遠くに行く場所に手を動かしていけば、バーリン領の場所でグルグルと速く旋回する。

「……これはバーリン領ということですかね？」

「みたいよね？」

「なら今度は、バーリン領の地図を広げましょう！」

使用人ではなくグリンカ子爵がいそいそと国の地図をしまい、バーリン領の地図を広げる。お客様にやらせることではないと思うが、もう彼の自由にさせて誰もそのことに関しては触れない。グリンカ子爵も自分が動くことへの不満などまったくなさそうなので、私もそのままやってもらう。

「お兄様、ここってどのあたり？」

地図が読めないらしいアセルはペンダントが示すあたりを指さした。

「王都寄りの場所だね。でもバーリン領内ではあるよ」

ミハエルは結果が出たことにより、難しい顔をした。もしもここに土の神形がいて、再び地震が起きるのならば、確実にバーリン領と王都で大きな被害が出る。

「……念のため私兵団を派遣するけれど、ダウジングができるのは女性だけか」

武官と同じで私兵団には女性がいない。

しかし土の神形が本当にいた場合、戦闘するにも、一度撤退するにも、危険が伴う。

「なら、私がダウジングを行います。土の神形の討伐はしたことがありませんが、水の神形や氷の神形の討伐は参加していますので」

「……危険だけど頼めるかな？　イーシャが一番適任だと思う」

「お兄様、私は？」

「アセーリャとディディは屋敷にいなさい。本当に大型の土の神形がいた場合、危険すぎる。土の神形に関しては公爵家の私兵団にもほとんど知識がないからね」

私も土の神形に関する知識はあまりない。

土の神形による被害はカラエフ領でもそれほどないし、事前に見つかることがまれだからだ。

「イーシャも無理はしないで。自分の安全を優先して」

「はい。分かりました」

馬車で移動をするが、もしもの時は馬にまたがることもあるかもしれない。そのため私はランニングの時に使っている乗馬服に着替えた。常に動くわけではないので、その上から厚手のコートを着て、帽子もしっかりとかぶる。武器は悩んだがハンマーだ。

「お待たせしました」

準備というかドレスから着替えるのに一番時間がかかったので、私が外に出た時には私兵団も全員集まっていた。

「大丈夫だよ。今、私兵団には詳しい状況の説明をしていたところだから」

馬車には私とミハエル、それにグリンカ子爵が乗り込んだ。私兵団は馬にまたがり一緒に来るようだ。馬車に乗り込むと私は早速ダウジングをし、地図を見たミハエルが御者に指示を出す。

「ミーシャ」

「どうかした？」

「さらにロケットペンダントが熱くなっています」

しばらくダウジングをしていると、鎖の部分まで熱くなってきて私は慌ててミハエルに伝えた。

「停めて下さい！　もしかしたらこのあたりに土の神形がいるのかもしれません」

グリンカ子爵の言葉にミハエルも頷《うなず》き、御者に声をかけたため馬車が停められる。私はミハエルにエスコートされながら馬車から降りた。頬に当たる風が冷たくて、一瞬体がこわばる。

連日晴れが続いたためか、脇には雪がまだまだ残っているが、道の中央は舗装もされていないため地面が雪解け水でドロドロになっていた。

このあたりは農地のようで、周りはまだ雪が残った畑ばかりで人の気配はない。もう少し雪がなくなれば変わるだろうが、市街地とは雰囲気が違う。

もしかしたらこのあたりの地中に土の神形がいるのかもしれないが、今見た限り見えるのは雪ばかりで神形の姿は影も形もない。探すにしても必要以上に畑を荒らすのは気が引ける。

「直接ダウジングをしてみてはどうでしょう」

「そうですね。やってみます」

私兵団の人も見守る中でロケットペンダントを揺らしている姿はなんだかすごく変な感じだが、他に見つける方法も思いつかないのでグリンカ子爵の案を受け入れる。ロケットペンダントは、私に警告するかのようにずっと発熱を続けていた。

ロケットペンダントを垂らせば、グルグルと再び動き出した。右手を前に出し、できるだけロケットペンダントの動きを遮らないようにしながら、ハンマーを持つ左手に力を入れる。足を踏み出せば、泥水が跳ねた。ぬかるんでいるので、滑らないように気を付けなければいけない。

ロケットペンダントの揺れるままに数歩歩いた時だった。

ぽこっと突然地面が盛り上がり、モグラのようなものが顔を覗かせた。しかし普通の野生の小型動物とは違い、それは逃げることなくじっとこちらの方に顔を向けている。よくよく見れ

ば、その体は細かな砂でできているように見えた。周りの土は雪解け水でぬかるんでいるのに、サラサラとした水分のなさそうな砂がモグラのような姿で固まっているのは、明らかに異常だった。

さらに一匹出てくると、その近くからぽこぽこぽこぽこぽこと、同じようなモグラの姿をした砂が顔を出す。これは絶対、土の神形だ。

「全員、近くにいる神形を倒せ」

私兵団やミハエルは剣を取り出した。

私もハンマーを構えて、地面に向かって振り下ろし叩《たた》き潰す。有翼魚《ウィンドフィッシュ》や雪童《スノウチルドレン》のように、このモグラもこちらへ攻撃はしてこない神形のようで、潰せばそれで崩れ、ただの泥に紛れてしまった。

「剣は効かない。全員足で潰せ！」

ハンマーで潰している私は難なく討伐できたが、どうやら剣だと切ったつもりでも切れていないようだ。まるで砂の山に剣を突き刺したように手ごたえがなく、引き抜けばそのまま何もなかったようにくっつきあってしまう。また多少崩れたぐらいならば、元通りに再生している姿もあった。

まだ土の神形の生態が分からないので、ミハエルも倒し方に戸惑っているらしい。

だがこのモグラの土人形は足で潰すだけでも討伐可能だったようで、しばらくすればモグラの土人形をすべて壊すことができた。

ただし力いっぱい踏む必要があったので、より泥水が跳ね、皆かなり靴やズボンがべたべたになっている。

「イーシャ、ロケットペンダントはどう？」

「まだ熱いです。それにしてもどうしてこんなに土の中から出てきたのでしょう？　普段なら土の中に逃げ込んでしまいますよね」

私が偶然土の神形と出会わなかっただけかもしれないが、モグラの姿をした土の神形が一斉に外に飛び出してくるなんて聞いたこともない。もしもこんな現象があるなら、少しぐらい聞き覚えがあってもいいと思う。

「そのロケットペンダントが関係するのかもしれませんね。是非とも、ある時とない時を比べたいものです」

うっとりとした様子で語るグリンカ子爵に対してミハエルはすんとした顔をした。何言っているんだこいつという顔で見た後、すぐさま視線を外し私兵団の団長の方を向く。

グリンカ子爵の話は聞かなかったことにしたようだ。グリンカ子爵はもっと色々検証をしてみたい様子だが、ミハエルが無視しているので誰もグリンカ子爵に対して何も言わなかった。

私も討伐を優先させたいので、グリンカ子爵の興味の赴くまま、実験に協力させられるのは勘弁して欲しい。

「どうやらまだ土の神形はいるようだ。剣はあまり有効ではないことが分かったから、ハンマーを取りに戻ってもらっていいかい？」

「かしこまりました」

ミハエルの指示で私兵団の一部がハンマーを取りに戻ることになった。全員で動いても無駄なので、私達は武器が届くまで待機だ。

「ロケットペンダントによるダウジングは土の神形を探すには有用な可能性が高いですね」

まだ一回だから本当にそうだとは言い切れないけれど、ダウジングの結果来た場所で実際に土の神形が出現したのだ。

ハンマーの武器が来るまで暇《ひま》なのでミハエルに話しかけると、ミハエルも頷いた。

「お婆《ばあ》様が大切な人に渡すように言ったのは、もしかしたら女性に渡せという意味だったのかもしれないね。俺が大切とするならば妻の可能性が高いから」

「ということは、ミーシャのお婆様はこのロケットペンダントの使い方を知っていらっしゃったということでしょうか？」

私の言葉に、ミハエルはあいまいに笑った。……ここではあまり話さない方がいいということだろうか？

ちらっとミハエルが目線でモグラの形をした神形が出現したあたりを見る。そこには服が泥で汚れることを厭《いと》うことなく膝をつき、四つん這《ば》いになりながら観察するグリンカ子爵がいた。

確かにグリンカ子爵がこの話に参加すると面倒そうだ。

でも本当に使い方を知っているのならば、どうして詳しくミハエルに伝えなかったのだろう。ロケットペンダントは溶接されているので本来の使い方はできない。壊れていると思い込み、どこかにしまい込まれてしまう可能性だってあったのだ。

結局はミハエルがそういうのを面白がる性格であり、お婆様との仲もよかったことから身に着け続けた。そしてミハエル様公式グッズを大切にする私だったので、常に身に着け気が付くことができた。でもこうならない可能性の方が高かったと思う。私以外の女性ならば……たとえディアーナやアセルでも捨てることはなくても、壊れたアクセサリーを身につけたりはしないだろう。

となるとやはり使い方を知らなかったのだろうか？

土の神形、東の国……最近よく聞く話題だけれど、最初に聞いたのはいつだっただろうかと考えたところで、バーリン公爵からだと気が付いた。そう。初めて土の神形の話をしたのは火の神形の管理のことを伝えられた時だ。

ああ。だから話すことができなかったのかも。

バーリン公爵は土の神形の管理方法から、火の神形の管理方法を編み出したと言っていらっしゃった。火の神形の管理方法はバーリン公爵家の最重要機密。そこに繋がるものを子供のミハエルに伝えるわけにはいかない。

「武器が届いたから、全員集まれ」

そんなことを考えていると、ハンマーを取りに帰った私兵団が戻ってきた。しかし持ってきたハンマーの数は人数よりも少ない。

「申し訳ございません。ハンマーは武器としてあまり使われないので、これだけしか集められませんでした」

「ないものは仕方がないね。剣を使う者は補助に回るようにしよう。剣で切っても大きく残った方が再び復元するようだ。このあたりは水の神形に似ているかもしれない」

大型の水の神形を倒した時も、そういえば水の中から引きずり出し再生させないようにした。だが地面から違う場所に土の神形を移動させるのは難しそうだ。このあたりはすべて土であり、土のない場所などない。

「小さな土の神形を見つけたら剣で細切《こまぎ》れにするなどしたら倒せるのか確認しよう。どうしても駄目な場合は先ほどのように足でも潰せるなら、肉弾戦の方がいいかもしれない」

ミハエルの指示に私兵団は頷く。

とにかく、色々試して情報を集めていくしかない。

「この先は徒歩で確認していこうと思う。グリンカ子爵とイーシャは――」

「はい！　私は戦闘には役立ちませんが、知識ではご協力できるはずです。危険にならないように出現した時は素早く遠くに離れますから、なにとぞ、なにとぞ、連れて行って下さい!!」

氷の神形も水の神形も人に自ら近づいて襲うということはない。襲うのは人間が近づいた時のみだ。だから怪我を負った場合は離れるのが基本の戦い方となっている。土の神形も同じ可能性が高い。

必死に頼む様子はまるで公爵領を思ってのようで、私兵団の人がころっと騙されているようだが、私とミハエルは気が付いている。グリンカ子爵はとにかく土の神形を観察したいだけである。でもグリンカ子爵の知識は今まさに必要としているところだ。

「ダウジングができるのが私だけなら、私も行くべきではないですか？」

もしもこのロケットペンダントによって土の神形が地表に顔を出しているのならば、なおさら私は必要だと思う。そもそも使用人のオリガではなく私がダウジング係として来たのは神形が出現しても対応可能だからだ。まだまだ力が必要なはずなのに置いて行かれるのは納得できない。

「……仕方がないね。ただし土の神形の討伐は公爵家の私兵団も不慣れだ。さっきも言った通り、危険だと思えば、身の安全の確保を最優先にするように」

「かしこまりました」

グリンカ子爵が真っ先に同意し、私も続けて同意をした。

◆◇◆◇◆◇

まさか本当に土の神形が出現するとは思わなかった。

ロケットペンダントが熱くなるのも、ダウジングも不思議な現象なのでもしかしたらとも思っていたが、正直半分ぐらい疑っていた。

本来の次期公爵夫人としての立場ならばイーシャは真っ先に守られなければならない。しかし土の神形を探すためにはイーシャがダウジングをしなければならなかった。そのためイーシャは隊列の先頭でずっとロケットペンダントを持つ手を前に出してダウジングをし続けている。イーシャなら大丈夫だろうという考えと、イーシャを残してやはり使用人にやらせるべきだったかもしれないという考えがせめぎ合う。今からでも交代はできるのだ。

でもイーシャはきっとそれを許さないだろう。俺を近くで守りたいというけなげなものもあるが、長年出稼ぎで使用人をしていたためか、彼女は使用人との距離が近く、対等な人間として見ている。だから普通の貴族と違い、使用人を盾《たて》として使う考え方をよしとしない。これでイーシャが戦うすべのないか弱い女性ならば留守番も仕方がないと受け入れさせられるが、あいにくとイーシャはすごく強い。何を使ってもいいという模擬戦をしたら、俺ですら勝てるか怪しいぐらいだ。それではイーシャも納得しない。

「先ほど土の神形を討伐された後に残ったものを観察したのですが、出現した時、形をとっていたので粘土のようなものかと思いましたが、観察した限り砂のように見えましたし、実際倒した後に少しだけ残っていたものも水分があるように見えませんでした。水分のない粘土といえば陶器ですが、壊された瞬間の神形の様子は陶器にヒビが入ったというのとも違い、海辺の砂山を崩したように思えました。ただ水分のない砂がくっつくようにするならば、一度濡《ぬ》らし形作った後に乾燥させる必要がある――」

先頭を歩くイーシャの隣には俺以外にグリンカ子爵もいて、興奮気味に神形について語っている。神形の話題しか話していないのに、どうしてこんなに話す内容が尽きないのか。少しうるさいし、私兵団の者も眉をひそめているが、重要な考察がいつ飛び出てくるか分からないのでそのままにする。

しばらく歩けば、再び土の中から何かが飛び出てきた。

今度はモグラと、蛇の形をした土の神形だ。確かにグリンカ子爵が言う通り、細かい砂が固まったように見える。

黄土色のモグラを俺は剣で細切れにしてみる。手早く動かし賽《さい》の目《め》切りにすれば、再生よりも壊れる方が早かったようで、モグラを倒すことができた。ある程度小さくすれば再びくっつきあうことはないようだ。

イーシャも俺の隣で蛇をハンマーで潰している。ためらいなく頭から三分の二ほど潰された土の神形はそのまま風化するようにさらさらと崩れ落ちた。

「再生よりも早く壊せば倒せるようだけど、非効率ではあるね」

切ればどちらも動き出して二倍の敵とならないだけいいとは思うけれど、重い剣をくっつく前に何度も振るというのは結構な重労働だ。

「遠くから鉄球とか投げられれば距離もとれますし、倒す武器としていいかもしれないですね。もしくは鎖の先に鉄球が付いている武器とかもありかもしれません」

鉄球なんてここにはないという以前に、かなり重量がありそうで、使える人材が限られる気がする。でも遠くから攻撃できるというのは魅力的ではある。

「今はないから鉄球は使えないけれど、投石とかも攻撃としてはありなのかもしれないね」

問題はちゃんとぶつけられるかだけれど。地形によっては、高い位置から投げ落としてというのもありかもしれないとは思う。

「他の国ではどうやっているのでしょうか。討伐方法の情報は、中々もらえないので気になりますね。何か特殊な武器とか存在するのでしょうか？　土の神形の出現を占えるミコの立ち位置も気になるところですよね。事前に出現場所が分かるなどとても重要な情報ですし――」

ブツブツブツ。

相変わらず近くでずっとグリンカ子爵が呟いている。それほど大きな声ではないが、延々と途切れることがない。

うるさいが、置いて行けないのが辛い。

「ダウジングを再開しますね」

イーシャがこちらを確認したので、頷きお願いする。

雪解けしたドロドロの道はただでさえ足場があまりよくないので、戦闘に不向きだ。できればこのまま大型のものは出て欲しくはない。しかし、今もなお、ペンダントは振り子運動を続け、俺達を誘導する。……油断は禁物だ。

「……いませんね」

「見つけられたらラッキー程度だから大丈夫だよ？　まだ熱を持っているんだよね？」

しばらく歩き続けたが、中々次の神形は現れなかった。そのためイーシャは申し訳なさそうに眉を下げる。

俺としては小さなものでも事前に土の神形を見つけられただけびっくりなのだからそこまで落ち込まなくていい。

「はい。鎖からも熱が伝わる程度には熱いです」

熱いならばやはりまだ終わってはいないだろう。このまま歩いて探すか、それとももう少しこのあたりの詳細な地図を使ってみるか……。

うーんと考え事をしている間に、イーシャが少し駆け足で進んでいった。

「イーシャ、どうしたの？」

あまり離れるのは危険だと声をかけようとした時だ。イーシャの足が止まり、キョロキョロとあたりを見回し始めた。

何かあったのかと俺も警戒してあたりを見渡す。

次の瞬間、イーシャの足元が突然盛り上がった。しかも少しだけというものではない。一気にイーシャの身長よりも高くなる。イーシャも足元が突然高くなるなんて想像もしていなかったのだろう。さらに地面がぬかるんでいるのも悪かった。バランスを崩してその場に倒れた。

俺はそれを見るやいなや、イーシャの元に走った。そしてそのまま彼女を抱きかかえてその場を離れる。

「全員、一度距離をとれ！」

出てきたものが何か分からない。撤退するにしても、何が起こったのかの確認は必要だ。俺の声に、私兵団は後退し、盛り上がった場所から距離をとる。

「イーシャ大丈夫？」

「はい。すみません。油断しました」

イーシャでなくても、突然真下から何かが出てきたら対処できないものだ。むしろバランスを崩しつつも低い段階で飛びのくように倒れたイーシャの反射能力が凄い。もしも離れるのがもっと遅ければ、二メートルぐらいの場所から転落したことになる。

顔にまで泥が跳ねたイーシャは悔しそうな顔をしながら袖で泥をぬぐう。

「あっ。すみません泥が」

イーシャを抱えたため彼女の服についた泥が俺の服にべったりとついていた。

「泥なんて洗えば大丈夫だ」

そう伝えながら振り返れば、先ほどまでイーシャが立っていた場所には、巨大な蛇のような不思議な生き物がいた。先ほどのモグラの土人形と同じで、これも砂でできてそうだ。黄土色の体は蛇にしては大きく太い上に、頭のあたりに角のようなものがある。さらに頭から背にかけて鬣《たてがみ》が生えていた。そして体には蛇とは違い、短いが腕も存在している。

大きさは氷龍と同等か……でも形が今まで見たことがある氷龍とは違う。

「――っ！」

「イーシャ、見せて」

現れた大型の土の神形を見ながらイーシャを地面に下ろせば、イーシャが小さな悲鳴を上げた。慌ててイーシャを見れば顔をしかめ、足首を押さえている。

「……足をくじいてしまったみたいです。申し訳ございません」

「謝る必要なんてないよ。イーシャがいたから土の神形を見つけられたんだ。ここまで俺達を導いてくれてありがとう」

むしろ俺こそどうして、イーシャが倒れる前に助けられなかったのか。イーシャはダウジングをしているのだから、普段よりも無防備になりやすいというのに。

自分のふがいなさに、俺はぐっと手を握りしめた。

五章：出稼ぎ令嬢の地龍討伐

どうしてあの時焦《あせ》ってしまったのか。

足首をひねったことにより、痛みでうまく立ち上がれない現実に私は唇を噛《か》んだ。

中々現れない土の神形《みかたち》に焦りを感じていたとはいえ、小さな地鳴りのようなものが聞こえた瞬間、一人小走りで音がする方へ進んでしまったのは失敗だった。こういった場で隊列を崩すことがどれだけ危険か分かっていたはずなのに。

足元が盛り上がったことに気が付き飛びのいたが、ぬかるみに足をとられうまく着地できなかった。自分の身体能力を過信しすぎた結果だ。

私は地面の中にめり込むぐらい落ち込んだが、神形はそんな私を待ってはくれない。

私の足元から出てきたのは大型の土の神形だ。形状は氷龍《アイスドラゴン》とはかなり違い、むしろ蛇に似ているが、腕が生えているので大蛇ではなく地龍《アースドラゴン》だろう。地龍が長い胴体をくねらせると地面がぐらっと揺れた。

私は座ったまま、慌《あわ》てて手をつく。

「うわっ！」

「また地震か!?」

揺れる大地を前に私兵団から驚く声が上がった。

地龍が現れてすぐにミハエルが離れるように指示したため怪我《けが》人はいないが、今まで体験したことがない状況に怯《ひる》んでいる様子だ。

幸い地龍は距離のある私達の方まで追いかけてこようとする動きはなかった。ただ、砂でできた無機質な瞳がこちらの方をじっと見つめている。もう少し離れたらあの巨体をくねらせもう一度地面の中に潜《もぐ》り込むのかもしれない。

「氷龍を倒す時と同じで、怪我をしたり休憩する時は必ず地龍から離れるように。無理せずまずはどんな攻撃が効くかが分からないから、色々試していこう」

ミハエルの号令で、地龍の討伐が開始された。

地龍を取り囲み攻撃を加える。ハンマーは数が少ないので剣で戦っている者の方が多い。

「駄目《だめ》だ。剣で切ってもすぐにくっつくぞ」

「モグラより再生が早いんじゃないか？」

大きさが大きいので、モグラのように素早く切ることができない。その上、土が多いからか切った先から塞がっているように見える。

剣がどれだけ刺さっても動きには変化が見られないので、他の神形と同じように痛覚などはないようだ。そのため剣を刺しまくり針山のようにしたところで意味はないだろう。

「ミーシャ。大きめのハンカチを貸して下さい」

苦戦する様子にいてもたってもいられず、顔を上げ、ミハエルにお願いする。ミハエルでなくても私兵団なら持っているだろう。

「どうする気だい？」

「痛めた足を固定して私も戦いま——」

「それは許可できないよ」

くじいてしまった足を固定さえすれば、再び立ち上がり戦えると思ったが、言い切る前にバッサリとミハエルに却下された。そして怖いぐらい真剣な顔で、座り込んだままの私を見おろす。

「この地龍はかなり大きく育っているように見える。地龍が地震を引き起こすならば、再び地面に潜られる前に倒してしまいたい。でも怪我をしているイーシャを戦わせなければならないほど切羽詰《せっぱつ》まっているわけではないよ。天候も悪くなく、まだ援軍も呼べる状態だ」

地龍は群れているわけではなく、まだ一頭だ。この一頭だけで昨日の大きな揺れを起こしているというのならば、群れなどできたら恐ろしい。

とはいえまだ焦る段階ではないのも確かだ。討伐方法の確立ができていないところへ、怪我で動きの鈍い私が参戦するのは逆に周りを危険にさらし、迷惑になりかねない。ミハエルの言い分が全面的に正しくて、私は何も言えなくなる。

「それにね、イーシャがあまりに強くて皆忘れ気味だけど、イーシャは次期公爵夫人だ。イーシャが大怪我をすれば、それだけでバーリン公爵領の私兵団は無能だと指さされる。元々イーシャはダウジングをするためにここにいるんだ。だから俺は怪我をしてなくてもイーシャが戦うのは最終手段だと思っている。どうかそれを忘れないで欲しい」

「……分かりました」

確かに次期公爵夫人という立場は、誰かに命じられて戦う立場ではない。むしろ本来ならば怪我をしないよう、初めから護衛付きで守られる立場だ。それなのに私が怪我を負った状態でもなお戦うというのは、私が私兵団を無能だと言っているようなものだ。

「なら私はここから地龍に弱点がないか探します」

戦っている私兵団は命がけだ。怪我のせいで共に戦えなくても、のうのうと守られているだけは嫌だ。座っていても、目が見えなくなったわけではないのだから、地龍の弱点は探せる。それが今私にできる戦い方だ。

「よろしく頼むよ。地龍に関する情報はほとんどみんな持ち合わせていないから。ダニイル、次期公爵夫人の護衛につけ」

「はっ！」

ミハエルは動けない私の傍《そば》に護衛として一人団員を配置すると、地龍の方へと移動した。指示を飛ばしながら、色々倒し方を模索している。ミハエルは周りの私兵団達の中でも年若い。

しかし誰一人としてミハエルの指示を聞かない者はおらず、信頼されているように見える。

指揮をとる姿はりりしく、普段の数倍かっこよく輝いて見える。そのためつい目が追ってしまう。……待ちなさい、イリーナ。怪我まで負ってミハエルに負担をかけてしまっているのだから、私が見なければいけないのは地龍の動きよ。

ミハエルがかっこよすぎるので、そこから目線を移すのはかなり力がいったが、必死に自分に言い聞かせた。しなければいけないことを一瞬でも忘れさせるなんて、恐ろしいまでの吸引力。流石《さすが》はミハエル様だ。

「奥様、大丈夫ですよ。ミハエル様は強いですから」

心配しているからミハエルをじっと見つめていたわけではないが、つい目で追ってしまったため、護衛についてくれたダニイルが安心させるように声をかけてくれた。

「そうですよね。ミーシャは強いし、指示もしっかりしているので安心ですよね」

「はい。ミハエル様がいらっしゃれば、どんな神形だって倒せますよ。氷龍の時もミハエル様がいるかいないかで私兵団の士気が違いますから」

なんて話の分かる人だろう。

私はかつてないほどミハエル様談義が弾む予感に胸を高鳴らせる。ミハエル教は私だけではなかった。まさかバーリン公爵家の私兵団にいたなんて。

「そうですよね。年上の方ばかりなのに、ミハエル様の指示に皆従って下さっているのは、ミハエル様がそれだけ優秀だということですものね」

もちろん次期公爵だからだというのはあるだろうが、頓珍漢《とんちんかん》な指示ならば、きっと私兵団の団長が指示出しをしているはずだ。ミハエルが問題なく指示しているのは、まさに信頼関係があってこそだと思う。

「こちらからの方が地龍の全身を見やすいので、お隣に座ってもいいでしょうか？」

ミハエルが褒《ほ》められて嬉《うれ》しいなと思っていると、グリンカ子爵が声をかけてきた。私の傍ならば護衛もいるし、地龍の傍でウロウロされる方が困るので丁度《ちょうど》いい。

「はい。どうぞ」

許可を出せば、グリンカ子爵は地龍から視線を外すことなく私の隣に座った。許可に対して何も言わなかったのでダニイルがムッとしたような空気を出すが、私は首を横に振った。グリンカ子爵は地龍のことしか頭にないだけだ。

それにじろじろと私を観察されるより、地龍に集中していてくれる方が私も気分が楽だ。むしろずっと私のことは見なくていい。

「地龍の造形は氷龍並みに見ごたえがありますね。優美な尾は光沢があり石のように硬そうに見えるのに、しなやかに動いていますし、このあたりは氷龍と同じですね。地龍の主成分は砂のはずなのに表面がキラキラと光が反射していますね。まるで鱗《うろこ》が生えているかのようです。石英が混じっているのでしょうか？」

確かに小さな土の神形とは違い地龍はキラキラとしていた。鉱物も混じっているのかもしれない。

グリンカ子爵はブツブツと地龍の感想を言いながら、いつもの細目を見開きながら見つめている。瞬《まばた》きをちゃんとしているのだろうか？

いっちゃっている様子が怖くて、私はグリンカ子爵が視界に入らないように地龍を見る。

「簡単に刃は入るから氷龍より柔らかそうですが、すぐにくっつくのが厄介《やっかい》ですね」

「そうですね。ミハエル様の早切りでも、小さな土の神形を相手に苦戦していましたから。ミハエル様と同様の動きができる者は私兵団でも限られています」

私の言葉にダニイルが頷く。剣を素早く何度も振るというのは大変だ。ひと振りを速くということはあっても、何度も速く振るなんて使い方は慣れていない。

氷龍の場合も何度も振り下ろすが、そこにスピードはいらず、固い体を削り、最終的に折るように使っている。

「地龍はまるで大きな砂山みたいですね」

「ハンマーなどでないとほとんど意味を成してなさそうですね」

剣は刺さるが効果が薄いためハラハラしてしまう。そんな中でも、ミハエルが焦りを一切見せずに指示する姿は流石としか言えない。もしもミハエルが慌てふためけば、士気は一気に下がるだろう。

攻撃が効かなくても、動揺せずに的確に次の指示を出すので、安心して皆が指示を聞けるのだ。

地龍が尻尾《しっぽ》を振り回し地面に叩《たた》きつけると私がいる場所まで軽く揺れた。尻尾に触れて弾《はじ》き飛ばされた人がすぐに起き上がらないのを見て血の気が引く。

「土だと氷より重そうですよね。当たった人、大丈夫かな……」

「確かに、土嚢《どのう》がぶつかってきたみたいなものですから、危険ですね」

私兵団の中でも動揺が走ったが、ミハエルは倒れた人を回収して離れるように指示をした。一貫して冷静な態度に、私兵団の中の動揺はすぐ収まり、再び攻撃を開始する。

「はぁ。地龍を体重計に乗せられないのが残念です」

私達の会話を聞いていたのだろう。グリンカ子爵が今話していた内容の独《ひと》り言《ごと》を呟《つぶや》く。残念と言いつつ、諦《あきら》めきれないという心の声が聞こえたが、そもそもあの大きさの土の神形を量れる体重計など存在しないと思う。そのため私は聞かなかったことにした。

そもそも彼は私達に話しかけているわけではなさそうだけれど。

「氷龍だったら首を落とせばそれで動きを止めますが、地龍はどうなのでしょう？」

地龍の重さをどうにか量れないか考えていたっぽい独り言を呟いていたグリンカ子爵だったが、流石に諦めたようで今度は氷龍との違いが気になったようだ。

その言葉を拾った私は、これは実際にミハエルが討伐するのに必要なことだと思い、氷龍の倒し方を思い浮かべる。

「確かに氷龍だと首を落としてとどめを刺しますね。その場合、上に乗り首に剣を叩きつけたりしますが、あの地龍の背中にある鬣《たてがみ》は、棘《とげ》のように硬そうですから乗るのは難しそうですよね。そもそも剣をギロチンのように上から下に振りおろしても切った傍からくっついているので首が落ちなさそうです。ハンマーで頭を潰す方がまだ現実的な気がします。ただ体を持ち上げられるとかなり背が高いのでどうハンマーを頭に当てるかですが……」

「えっ。あの……イリーナ様は、氷龍の討伐のご経験が？」

「はい。私の実家の領地はよく出るので」

ギョッとした様子でダニイルに聞かれたので、私は自分の出身領の現状を伝えたが、彼が言いたいのはそこではなかったようで、とても微妙な顔をされた。うん。私も言ってから気が付いた。

ミハエルやディアーナ達には知られてしまっているけれど、私兵団全員に私がどういう人間なのかを大っぴらに周知しているわけではない。

「私はカラエフ領の長女でしたし、氷龍の出現が多く、やれる人がやらなければならないような土地柄でしたから。ほら、ミーシャだってバーリン公爵家の長男なので氷龍が出現した場合は討伐に出るじゃないですか。同じです」

「そ、そうなのですか？」

「そうなのです。それに北部の女性でしたら氷の神形の討伐経験がある者はそれなりにいますよ？」

言い切るのが大切だ。私がおかしいのではなく、そういうものなのだと思ってもらうのが大切である。王都で集められた女性の武官候補の中にも神形の討伐経験はあっても、氷龍の討伐参加経験がある者はいなかったことは黙っておこう。言わなければ分からない話だ。

「そんなことより、無数にある棘を何とかできませんかね。剃刀《かみそり》のように切り落とせればいいのですけれど、切ったところから戻《もど》ってしまっているとなると、その手は難しそうですよね」

「……強度がどれぐらいか分かりませんが、甲冑《かっちゅう》を着れば棘は刺さらないかもしれません。ただ甲冑は重く動きにくいですからね」

「バーリン公爵領には甲冑があるのですか？」

実際に着たことがあるような言葉にびっくりすれば、ダニイルは頷いた。

「ありますよ。銃には意味をなさないし、動きの阻害にもなるので、あまり着る機会もないのですが」

「えっ。なら、ミハエル様も専用甲冑が？」

「はい。ありますよ。ミハエル様や公爵が着る甲冑は装飾もつき華美なもので、私兵団の入隊式とかで着られて参加されることがありますね」

えっ？

マジですか？

初めて知った情報に私の胸が高鳴る。甲冑姿のミハエル様。それは私がいまだかつて見たことのないミハエル様だ。

「それはなんてカッコイイのでしょう……」

「そうですね。あまり甲冑なんて着ませんが、やっぱり甲冑というと強そうに見えて子供の憧れですからね」

ミハエル様が着た甲冑は全身覆われたものだろうか？　それとも上半身だけのものだろうか？　どちらにしても素晴らしく勇ましいミハエル様だ。

「とても素晴らしい情報ありがとうございます」

「いえ。お役に立てたのならば光栄ですが、甲冑は重いので着ると流石に地龍に飛び乗ることも難しいと思いますよ？」

「ミハエル様ならば、甲冑を着ていてもきっといつもと変わらぬ動きができるでしょうが、確かに一般の方だと大変そうですね」

私は着たことがないが、金属を全身にまとうと思うと、かなり動きにくいだろうなと想像できる。

「いや、いくらなんでも、ミハエル様でも無理ですよ」

「は？」

「えっ？」

ダニイルのミハエル様に対しての理解度の足りなさについ低い声が出てしまった。私の声にびくっと彼が肩を揺らす。

神のごときミハエル様にできないことなどあるだろうか？　いや、ない。着たことはないけれど、私だって気合を入れればできると思うのだ。

あれだけミハエル様のすごさに気が付いているのに、ミハエル様の真の力を信じられないとは……。ミハエル教徒としてまだまだだ。

しかし地龍が暴れるこの場所でミハエル様への解釈を論議している場合ではない。流石にそれぐらいは私でも分かる。

「んんっ。ごめんなさい。ちょっと喉の調子が……。そうですね。飛び乗るならそもそも次期公爵であるミハエル様ではないですし、これは考えても無駄ですね」

私は落ち着こうと息を吐く。甲冑の話題は地雷になりかねないからやめよう。

「地龍は蛇のような体ですが四足で体を支えているようなので、足を壊してバランスを崩させて頭部を破壊する方法はとれないでしょうか？」

「足ですか……。足や腕がなくても、蛇のように胴体だけをぐっと持ち上げそうな形状にも見えますので本当に倒れるでしょうか？」

確かにダニイルの言う通りだ。形状が氷龍とは違うので、足を壊したぐらいでは倒れないかもしれない。

「それに本当に頭を壊せばいいのかも……。水の神形の場合は、核《コア》を弾き出すか、体が再生できないぐらい粉々にするかなので」

体の大きさに対して頭はそれほど大きくない。つまり水の神形タイプならば、頭だけ壊しても再び元に戻ってしまう。

「先ほど退治した神形がいた場所をくまなく確認しましたが、異物っぽいものはありませんでしたよ。そのため土の神形は水の神形と違って核はないと思います」

ダニイルと倒し方を考えていると、グリンカ子爵が再び会話に交ざった。

「そもそも土は圧力をかければ固まりますしね。水の神形はまとまるために核が必要なのではないかと言われています。ほら。水は枠がない限りまとまらないでしょう？」

「確かに」

なぜ水の神形には核があるのか。そういうものだと思っていたので深く考えたことはなかったが、確かに水が形を持つには枠がいる。でも水の神形にそんなものはないので、その核が本来ならばくっつきあうほどの粘着はない水をまとめているのだろう。位置がずれると壊れるのも、ぎりぎりで保っているバランスが崩れるからなのかもしれない。

とはいえ、土の神形に核がないのならば、やはり首を落とすか頭を潰してみるしかない。果たして地龍の再生力はどこまであるのだろう。再生するといえば水の神形だ。

「……水の神形は水がない場所では再生はできませんが、土の神形はどうなのでしょう？」

「えっ。水がない場所で観察したのですか⁉　いつ？　どうやって⁉」

何とかして土の神形の再生を止められないかと考えていたのに、グリンカ子爵は水の神形の話に食いついた。鼻息が荒く、興奮している。

私が少しのけぞると、私とグリンカ子爵の間にダニイルが入った。その隙《すき》に少しだけ離れる。

「次期公爵夫人に近づきすぎないでいただけますか？」

「ああ。失礼しました。それで、どこで再生ができないことをお知りになったのですか？」

グリンカ子爵はすぐに私からは離れてくれたが、水の神形の話からは離れる気はないらしい。

「普通は水がない場所での観察は無理ですよね？　有翼魚《ウインドフィッシュ》を捕まえて水槽に入れて移動しても消えてしまいますし。もしかして大型のものを捕まえて移動させたのですか？　いつ？　どんな神形を？」

ダニイルが遠慮のないグリンカ子爵に眉をひそめたが、私は彼のコートの裾を握り、首を横に振った。グリンカ子爵は言っても止まらないだろう。それに話すことで思ってもいなかった解決案を出してくれるかもしれない。

今この場で一番神形の知識が深いのは彼だ。

「そこまで大きくは移動していません。ただ去年王都の海で出た、水大烏賊《クラーケン》を倒す時、網を使って海から陸に引きずり出したんです。以前、漁師から船より小さな水大烏賊ならば甲板の上に釣《つ》り上げて倒すというのを聞いたことがあったので」

私は去年の春を思い出す。

あの時どれだけ足を切っても再生してしまい困っていたが、水から引き揚げればすんなりと討伐がうまくいったのだ。

「あの日の水大烏賊はそのような形で討伐を行っていたのですね。その場に立ち会い、神形の歴史的瞬間を目撃できなかったのが悔しい。ああ。どうしてあの時、私は避難してしまったのか。水大烏賊の討伐を目に焼き付けたかった」

間違いなく人命優先だからだと思う。ダニイルの目が『何言っているんだ、この人』になっている。

グリンカ子爵を避難させた人は、英断だった。というか彼を神形の近くで一人野放しにするのは危険だ。

「あの。それでなんですけれど、水の神形のように土の神形にも何か再生させない、いい方法はないでしょうか？　見渡す限り土なので、土から切り離すのが難しそうなのですが……」

嘆くグリンカ子爵に絡《から》むのはとても面倒だったが、聞かないわけにはいかない。

剣で切ってもくっつきあうのは仕方がないにしても、ハンマーで崩した部分が再生するのはできる限りなくしたい。

土ではない地面と言えば、木の上や石畳だけれど、今すぐ用意しろというのは難しい。それに木の場合は地龍の重さで底抜けしそうだ。そして石畳となると、人が多くいる場所になる。それにここから移動するのに距離もある。

「そういえば土の神形は水に弱いという本を読んだことがありますね。地面が水だと再生できないという意味なのか、それとも水に濡《ぬ》れると体が崩れやすいような意味なのかまでは分からないですが。うーん、カラエフ伯爵ならもっと詳《くわ》しく覚えていそうなのですけれど」

グリンカ子爵は何かを思い出してくれたようだ。そこに私の父の名前が出てくるのはよく分からないけれど、確かに水の中だと土の部分を吸い上げるのも難しそうだ。

これは急いでミハエルに伝えなければ。

私はバッとミハエルを見た。真剣な表情で私兵団に指示するミハエルを目に焼き付けながら、私は大きく息を吸う。

「ミィィィイシャアアアアア!!」

肺活量を最大限に使った大きな声にいつも糸目のグリンカ子爵さえも目を丸くしている。ダニイルも耳を押さえ私をまじまじと見ている。

大声を上げるなんて淑女らしくはないものね。でもそんなことは前からバレていることだ。緊急時なのだから仕方がない。

「イーシャ、どうしたの？　まさか!?」

私の声を聞いたミハエルが、猛スピードで走って戻ってきた。そんな彼がグリンカ子爵とダニイルを睨《にら》みつけているのを見て、慌てて私は首を振る。今までのことがあって、ミハエルはグリンカ子爵が私に何かしたのではないかと反射的に疑っているようだ。

さらにダニイルは護衛任務ができなかったと、任務失敗の疑いを向けられている。いやいや、そもそも彼は対グリンカ子爵としているわけではない。これで評価が下がるのはあまりにも可《か》哀想《わいそう》すぎる。

「違います。えっと、今グリンカ子爵と話している時に、グリンカ子爵が土の神形は水に弱いという文献を読んだことがあると言っていまして、それを伝えたくて呼んだんです。たぶんこの情報は退治するのに有用だと思いまして」

私は落ち着いて欲しいと近くまで来てくれたミハエルの袖を引っ張った。私の様子に気が付いたミハエルは目線を合わせるようにしゃがんでくれる。

「水に弱い？」

「そうですよね？　グリンカ子爵」

「はい。詳しくは思い出せないのですが、王都に帰ればその本があるはずなんです。本と言っても絵本なのですけど。この内容は実話からきていると取り扱っていた商人は言っていました」

絵本かぁ。

絵本だとするとそれが本当に正しいか分からないが、父なら覚えているというのは分かった。

父ならば一度見た絵や文字は絶対忘れない。どんな絵だったかもしっかりと覚えているだろう。

「水となると、バケツとかでかける程度かい？」

「いえ。絵本では川に落としていましたね。土の神形が雨に弱いとは聞いたことがないので、弱らせるにはある程度の水量がいるかと」

確かに、水に弱いならば雨の日は出現しないということになる。

しかし雨の日は土砂崩れなどの災害がある。だから多少濡れる程度の水では意味がなさそうだ。

「川か……」

ミハエルはポケットにしまってあった地図を取り出し広げると私達にも見えるようにした。

「今いる場所はここだから、少し離れているな」

「そうですね。私も氷龍の討伐中に多少移動させることはありますが、そこまで離れた場所まではしたことがないです」

「移動させたことがあるのですか？　どういう理由で、どのようにしてですか？」

興奮気味のグリンカ子爵が私に詰め寄ると、すっとミハエルが私を持ち上げて遠ざけた。

「イーシャから話を聞きたいなら、その場から動かず距離を保て」

「分かりました。それで、いつ頃です？　どんな方法で？　どの場所で？」

あからさまに危険人物扱いするのは、少しグリンカ子爵に対して失礼ではないかなと思ったが、グリンカ子爵はまったく気にしてはいなかった。むしろ答えてくれるならばと矢継ぎ早に質問が飛んでくる。ミハエルに地面に降ろしてもらい、私は過去の討伐を思い出す。

「ええっと。実家……カラエフ領にある山で氷龍を討伐する時です。よくあるのでいつとは言えないのですが、討伐場所が崖近くなど危険すぎる時は、氷龍に襲われる程度の位置に人が立ち、少しずつ誘導して崖から離れるという方法をとり、安全な場所で討伐をするんです」

「なるほど。自分から動いてもらうんですね」

「はい。縄で縛って引きずれる重さではないですから」

一定距離まで近づくと攻撃してくるという神形の性質を利用したものだ。離れすぎると攻撃をしてこないが、攻撃範囲内にいればそちらに移動して攻撃をする。その繰り返しで、少しずつ崖などから離れるようにしていた。

「地龍も水大烏賊のように引っ張るのは難しいし、移動させるならそれと同様の方法の方がよさそうだね」

ミハエルは私の説明に頷き、討伐方法の一つとして受け入れてくれた。ただこの方法は氷龍を足場の危険ではない場所に移動させるためのものだ。

「地龍にも使えると思うのですが、氷龍は大きく移動させたわけではないんです。崖など危険な場所から離れるためなので、十メートルとか二十メートルぐらいの話です。だから実際どの程度まで移動させられるかは分かりません」

地龍の攻撃をかわしながら移動していくというのはかなりの技量が必要だ。長距離は難しい。

「……そういえば、確かこの近くに小さな池がありませんでした？　ほら、時折間欠泉《かんけつせん》が噴き出す。俺、子供の頃よく遊んだ気がします」

ダニイルが言えば、ミハエルもポンと手を打った。

「ああ。そういえば。この地図には描いてないから忘れてた」

「かんけつせん？」

「お湯が地面から噴き出す場所のことだよ。ほら。王都にある噴水みたいな感じで噴き出すんだ。この近くにあるのはそれほど規模が大きくなくて水も池ぐらいの量で子供の遊び場なんだけど、あの地龍ぐらいなら十分入ると思う」

聞き慣れない言葉を繰り返せばミハエルが説明してくれた。

でも、噴き出すってどういうこと？　人工ではなさそうだし、湧き水のようなものだろうか？

いまいちピンとこない。

「よし。試しにそっちに誘導してみよう。イーシャはここで待っていてくれるかい？」

「いえ。私もついていかせて下さい。地龍から攻撃されるほど近づきませんから。足もしっかり固定すれば、歩く程度はまったく問題ありません」

怪我をしてしまい地龍の討伐に参加できていない今の私は足手まといだ。誘導にもなんの貢献もできない。それでも――。

私はミハエルをじっと見返した。

「確かに今の私は戦えません。でもダウジングができるのは私だけです。もしも他にも地龍がいるかどうかを調べたければ私の力が必要ですよね？　それに氷龍の討伐ならばしたことがあります。何かその時の知恵で使えるものがあるかもしれません」

地龍については、ここにいる全員知らないのだ。

だからこそ私の経験が役立つこともあるかもしれない。氷龍の討伐に関してだけならば、バーリン領の私兵団より多く経験していると思う。だから置いて行かれたくない。

「分かったよ。その代わり――」

ふわりと体が持ち上がり、私は慌ててミハエルの首に手を回した。

これはいわゆるお姫様抱っことというやつだ。いきなりのことで余計ドキドキする。ただでさえこの体勢はミハエルの顔が近いというのに。

「俺に大人《おとな》しく運ばれること」

「待って下さい。腰を痛めてしまいます！　足首の固定さえすれば、自分で歩けますから！降ろして下さい!!」

「イーシャを持ったぐらいで腰を痛めるようなやわな鍛え方はしてないよ。大人しく俺に運ばれないのならば、ここで待ってもらうけれどどうする？　ダウジングの結果は討伐後に聞きに戻ることもできるからね」

　お姫様抱っこ、もしくはお留守番。究極の選択だ。お姫様抱っこされるとミハエルの顔が近いし、正直周りの目も恥ずかしい。間違いなくお荷物状態なのも分かる。それでも置いていかれたくない。

「……分かりました。私を運んで下さい。でも疲れたら絶対下ろして下さい。後、一度私を下ろしてから、土の神形の弱点を私兵団に説明をしに行って下さい。その間に私は足を布で固定してしまいますから。もしもの時に、まったく動けないのは問題ですよね？」

「そうだね」

　ミハエルは笑いながら、顔を真っ赤にしているだろう私を宝物のようにやさしく地面に下ろすと、私兵団に説明をしに向かったのだった。

◇◆◇◆◇◆

　……本気でミハエルがお姫様抱っこして移動するの？

　やると言ったのだから、最初は間違いなくするだろうとは思っていた。しかし適度なところで抱っこ役交代か、私を下ろしてゆっくり歩かせると思ったのに、出発してからずっと抱っこをして移動している。私兵団の皆さんが、次期公爵様になんてことをと苦言しないどころか、当たり前のような態度なのもどうなのか。

戦闘中に指揮をとる人がいちゃついていたら普通は士気が下がりますよね？

やめていただきたいですよね？

そんな思いを込めて両手が塞がるミハエルと私を護衛するダニイルを見たが、目をそらされた。全身で俺に何も語り掛けないでくれと言っている。

そして一番近くにいるダニイルがこの状態なので、このおかしな状況に誰からのツッコミも入らない。任務に忠実な私兵団は私については一切触れずミハエルの指示に従って地龍の誘導をしている。

皆さん、仕事熱心ですね。

そうだ。こうなったら無だ。無になろう。

私はただの荷物だ。ミハエル様の美しすぎる顔が近いとかミハエル様からいい匂いがするなどの煩悩《ぼんのう》を捨てたダウジングする荷物だ。ハンマーをダニイルに渡した私は、ひたすら運びやすい荷物に徹する。

「尻尾が右横から来るぞ。後ろに下がれ！　下がったところで、誘導を交代」

ふあぁぁぁ。

危険な状況だというのは分かっている。分かっているけど、捨てきれない煩悩がひょっこり顔を覗《のぞ》かせる。何というい声。

脳がしびれるぐらい素敵な声による適確な指示。

何、この聡明《そうめい》さ。流石は神。私を持っているため一切戦っていないけれど、指示だけだからこそミハエル様の英知が輝く。むしろミハエル様自身が輝いている気がする。

……落ち着きなさい、イリーナ。この場で興奮して鼻血を出すわけにはいかない。

煩悩を追い出すように私は意識を地龍に向ける。

ミハエルが気付いたことだが、どうやら地龍は次の動作をする前に決まった動きをするようだ。例えば今のように尻尾を振る前には後ろ足をダンダンと二度つく。そしてその動作を確認次第いち早くミハエルが指示を出すのだ。

ただしこの短時間で分かった動きは少ない。さらに地龍は自分自身の大きな体で攻撃する以外に、地面を揺らしたり隆起させたりする。氷龍にはない能力だ。

氷龍は近づくと突然雪が強く吹雪《ふぶ》いたりするので、それと同じようなものかもしれない。しかし足元が不安定になるのは転倒の危険があるので危ない。

転倒すれば私のように足を怪我する危険もあるけれど、それよりも転倒している時にあの巨体に踏み潰される方が怖い。だからどうにか事前に分かる行動を見つけたい。

そんなことを思った時、ふと私の耳に地鳴りが聞こえた。その音を聞いた瞬間、はっと閃《ひらめ》く。

「ミーシャ。たぶん次、地面が隆起します」

「地面が隆起するぞ。全員地龍から距離をとれ！」

反射的にミハエルに伝えれば、ミハエルは至急と判断し理由を聞かず指示を出してくれた。

私が怪我をした時に聞いた音に似ていたため、もしやと思い伝えたのだがどうやら私のカンは当たったようだ。しばらくすると地龍の周りの地面が隆起した。

「どうやって見分けたんだい？」

「地面が隆起する前に、低い地鳴りの音が聞こえるんです」

「音か……」

ミハエルは隆起するタイミングが音であると私兵団に伝達するが、どうも戦っている最中は音が小さいせいか気付けないようだ。

「イーシャ悪いけれど、音に気付いたら教えてくれるかい？」

「もちろんです。任せて下さい」

私兵団の団長とさっと情報のやり取りをしたミハエルが私に頼んできたので、笑顔で頷いた。

不謹慎だけれど、ミハエルに頼りにしてもらえて嬉しい。ただの荷物ではなくミハエルの役に立てるのならばなんだってする。

「砂埃《すなぼこり》が起こって、視界が悪い。一度退避っ！」

新しく今度は、地龍が砂埃を舞い上げる技を出し、視界が悪くなる。しかし離れているため私達の目は問題なく状況が見えていた。

だから目の前の光景に血の気が引いた。

「早く逃げろ。左。尻尾が来る！」

ミハエルが声を張り上げた。

太い尻尾が鞭《むち》のように振り上げられる。

私兵団の団長がミハエルの言葉に反応して、逃げ遅れた団員を引っ張るようにして離れたため、尻尾は空振った。

ブンっという音と共に離れた場所まで風が来る。誰も犠牲にならなかったけれど、間一髪だったこともあり心臓がバクバクいっている。

あの大木のような尻尾が勢いをつけて当たったらひとたまりもない。

「もう一度地龍の誘導開始！」

砂埃が落ち着いてきたところでミハエルは再び号令を出す。

氷龍の雪とは違い、地龍はずっと視界を遮るような技は持っていないようだ。でも地龍がすべての技を出し切ったとは限らないので、引き続き警戒が必要だ。

「団長、砂埃が起こったら、すぐ地龍から距離をとり、尻尾の攻撃に備えろ」

「かしこまりました！」

ミハエルはできるだけ危険が少なくなるように指示を飛ばし続ける。私がお荷物になっているからミハエルは指示をするしかないのかと思ったけれど、ミハエルはそのやり方に慣れている様子だ。

よく考えれば、ミハエルは次期公爵。公爵領で公爵家に雇われた私兵団がたとえ団長だとしても、公爵子息に命令を出すというのはおかしいのだ。公爵子息が一兵隊であるはずがない。だから私のことがなくてもミハエルは前線で戦うのではなくこういう戦い方だ。

そういえば、武官の時も指示する側だった。カラエフ領での討伐は、お手伝い要員だったから私と一緒に氷龍に切りかかる役をやってくれたのだ。

……あれ？　もしかして、次期公爵夫人の場合も、この指令を出す能力がいる感じ？　指令系統が二つになると困るので、ミハエルがいるならばミハエルが指示出しすればいい。でももしミハエルがいない時は？　その上で私兵団の団長も指示が出せない状況になった時は？

もしかしなくても私は特攻をやっている場合ではないのでは？

ミハエルのお役に立ちたいのなら、ミハエルと同程度の動きができなければいけない。もちろん神のごときミハエル様と同じことができるとは思っていない。私の頭にはミハエル様のような英知は宿っておらず、筋肉が詰まっている。でもミハエルのように全体を見て指示する能力があれば、いざという時にミハエルに代わり、役に立てるのではないだろうか？

私はじっとミハエルの指示の出し方、地龍の動き、それに対する私兵団の動きを観察する。指示を出してから全員がすぐに動けるわけではないので、ミハエルは少しでも危険を察知したらすぐさま指示を出しているようだ。

「ミーシャ、たぶんですが、地龍は砂埃を出す前に瞬きのように目を閉じるみたいです」

「ありがとう」

何度か砂埃が起こされる様子を見て、私は気付いた予兆を伝える。ミハエルは次の砂埃の時に確認をしてから全員に伝えた。と言っても、場所によっては目が見えないので、都度《つど》大声での指示がいる。

その後も砂埃、土の隆起といった技が出てくる中、私達は池に向かってじりじりと移動をした。次第に地面は草が生えていないような砂利道に変わる。そうこうしていると、湯気が上がっている大きな池が見えた。

「えっ。この時間に湯気？」

「時間？　お湯だから湯気が出ていると思うけど」

ああそうか。お湯が噴水みたいに噴き出すと言っていたもんね。今のところ噴き出してはいないけれど、お湯が噴き出すならば、池の中もお湯だろう。

私は水といえば、カラエフ領だと川ぐらいしか見たことがない。川は寒い日の朝に湯気のようなものがのぼることがあるからついそれを思い浮かべたけれど、この湯気は風呂の湯気と同じなのだ。

いつも公爵家で入る風呂とは桁違いの大きさだ。海ではないから果てしないわけではないけれど、でもこれが全部お湯だと言われるとわけが分からなくなる。

この寒い中、水の中に入るのは、普通は誰もがためらう。しかしお湯だと知っているため、私兵団員は攻撃を避けながら池の中に入っていく。

そして私兵団が入ると、地龍もそのまま攻撃を仕掛けながら中へと突き進んだ。まったく水を避けようとしない様子に弱点というのは間違った情報だったかと思ったが、地龍が中に入るとお湯が茶色く濁った。

体の土が溶け出したのだ。

さらに池の中から突然お湯が天高く噴き出した。突然のことに私はびっくりして固まった。

えっ。何？　えっ？

しかし動揺しているのは私だけのようで、私兵団は協力して地龍を誘導していく。池の中に入った地龍の上に噴き上がったお湯が雨のように降り注ぐ。

『ごぉぉぉぉぉぉ』

「えっ。……吠《ほ》えた？」

苛立《いらだ》つように地龍が地鳴りのような声を上げる。神形は生き物ではないので感情はないはずだがまるで怒っているように感じる。

「イーシャ、ここで待っていて」

噴き出したお湯の湯気のせいで地龍が見えにくくなったためミハエルは私を下ろして、地龍の近くへ向かった。お湯を浴びた地龍は一回り小さくなったようだが、泥水を跳ねながら暴れまわっている。

「うわっ。足がっ!!」

「助けてくれ。動けない！」

地龍が暴れまわっているだけでなく、池の中に土が溶け出したことで、私兵団員の一部が身動きが取れなくなったようだ。恐怖にひきつれた叫び声が聞こえる。

皆がこれまで体験したことのない状況に騒然とし、混乱しているようだ。

「全員一度退避しろ。泥のせいで池が沼のようになっているから中に入るな。身動きができなくなるぞ。既《すで》に動けない奴《やつ》はロープで引っ張り上げろ！」

混乱の中、ミハエルの怒声が響く。

沼を見たこともなければ入ったこともないのでどんな状態か分からないが、茶色く濁ったお湯がまとわりつき足が動かなくなっているらしい。見た感じ、深さはさほど深すぎることもなく、太ももあたりまでしかない。しかし中に入り身動きが取れなくなった団員がパニックになり、中でもがいたり転んだりして顔まで泥にまみれた上で、身動きできなくなっている。

それなのに、地龍はまだ倒せてはいない。今も大きな体を動かしている。もしも今、地龍が暴れ出したり、地面を揺らしたりしたらどんなことになってしまうのか。

「すみません、ダニイル。私の護衛はいいので、救助の手伝いに行って下さい」

私は私の傍で護衛をしていたダニイルに声をかける。彼もまた、仲間が明らかな危険な状態になっているのを見てそわそわしていた。

「ですが……」

「ここから地龍までは距離がありますから、私が襲われることはないはずです。足首も固定しているので、ハンマーを置いていってくれれば大丈夫です。無理な時はちゃんと呼びますから。私、肺活量には自信がありますから、絶対聞こえるはずです」

先ほどミハエルを大声で呼んだのを知っているダニイルは苦笑した。

「必ず危険な時は呼んで下さい。俺がミハエル様に殺されてしまいます」

「はい。危険な時は」

ダニイルはハンマーを私に手渡すと、救助している人達の中に走って入っていった。それを見送ってから、私は地龍を睨みつける。

「頭から背にかけてあった棘はなくなったみたいだけど、表面がドロドロして登ったら滑りそうね……」

湯気で見にくいが、目を凝らして見ていると、地龍の背にあった鬣が水に溶けなくなっているのが分かった。キラキラと光る鱗のような体表が、今はただの泥の塊のような状態で汚らしく見える。棘がなくなったので登ることも可能だが、下が沼になっている状況から見ても、足場が悪そうだ。そもそも沼のせいで地龍までたどり着ける気がしない。

地龍は池に入ってから一気にみすぼらしい外見にはなったが、池の水だけで地龍がすべて溶けることはなさそうだ。ある程度溶けてからは変化が見られない。

せめて地龍がいなくなれば、襲われる危険もなくなり救助もやりやすくなるのに。救助が遅れれば、泥で窒息する者が出るかもしれない。どうにか地龍が何かしてくる前に頭を吹っ飛ばせないだろうか。

公爵子息であり司令塔でもあるミハエルすら、今は私兵団員に交ざりロープを引っ張っていた。もしも今地龍が暴れたらミハエルも危険にさらされる。でもそれをするということは、それだけ危機的状況ということだ。ミハエルへの心配と何もできずにいる自分への苛立ちで胸が苦しくて、ぎゅっと胸のあたりの服を掴《つか》む。

なんでもいい。とにかく、ミハエルを助けなければ。

私はその場で立ち上がった。興奮のせいか痛みはあまり感じないが、この足では沼の中に入っても足手まといどころか私も要救助者だ。他者を引っ張り上げるロープ引きに参加しても踏ん張れないので邪魔《じゃま》だし、動きも俊敏にはできない。

こんな状況では、ミハエルも私が地龍に近づくことは許さないだろう。

……でも近づかなければいいのよね？　別れ際のミハエルの指示は【ここで待っていて】だけだ。私はすぅぅぅぅと大きく息を吸った。

「私から地龍までの直線にいる人、全員どいてぇぇぇぇ！！！！」

私から発した大声に、全員がびくっとしたように動きを止め、こちらを見る。私はハンマーを持つと、その場でぐるんぐるんと回転した。ただ投げるだけでは力が足りず地龍まで届かない。遠心力を使って、足りない力を補う。やはり鎖に鉄球をつけた方が投げやすそうだと思うけれど、今あるのは自前のハンマーだけ。

タイミングを見計らい、私は地龍の頭を見据える。スピードは出ているはずだけれど、全体的にすべてがゆっくりに見えた。私はぎりぎりまで方向の微調整をする。ミハエル教信者として、ここは外すわけにはいかない。

ミハエル様、どうか私に力を!!

「いけぇぇぇぇっ！！！！！」

私の掛け声と共に、手からハンマーが離れた。それは弧を描きながら飛んでいき、そして狙い通り地龍の頭を打ちぬいた。水のせいで軟らかくなっていた頭はぐしゃりと潰れ水の中に落ちる。

頭を失った地龍は数秒そのまま保っていたが、ざばんと水しぶきを上げて池の中に崩れ落ちた。それにより泥水が池の中から外にあふれるが、すぐに元の水位に戻った。

「嘘《うそ》……」

「おい。マジで？」

「やったぞっ！」

「地龍を倒したぞっ!!」

「ああああっ！　待って!!　地龍が溶けていくぅぅぅぅ!!」

パニック状態で悲鳴が上がっていたのから一転し、わぁぁぁぁと私兵団の面々が喜びの歓声を上げる。

一名、叫び声の種類が違ったけれど。グリンカ子爵だけが、必死な顔で沼のようになった池へ駆けていく。

「貴重なサンプルが!!」

流石グリンカ子爵。彼の行動はぶれない。

若干《じゃっかん》感心しつつ、私は無事に地龍の頭に当てることができて、ほっと息を吐くと同時にその場に座り込んだ。

「イリーナ様は戦の女神様だ!」

「勝利の女神様だ!」

「ありがとうございます!!」

……いや。神様は私ではなくミハエル様ですよ?

ここはちゃんと布教活動をするべきだろうか?

緊張の糸が切れてしまったせいか立ち上がる気力も起きず、地面に座ったままぼんやりとそんなことを考えていると、大股歩きで戻ってきたミハエルが、私をぎゅっと抱きしめた。

「み、ミーシャ?」

「もう。無茶をしないでよ!! これじゃあ、何個心臓があっても足りないよ!!」

「えっと。先ほど、待っていてとミーシャに指示された場所からは一歩も動いていませんから！」

私はその場で少しだけ回転して武器を投げただけだ。地龍の危険はまったくない。

「またそういう言い訳を……。足を怪我しているんだよね!?」

「は、はい。でも、ちゃんと固定して……その……すみま――」

「無茶しないで！　でも、ありがとう、イーシャ」

謝るのを遮るようにミハエルは再度怒り、続けて感謝を述べた。怒っているのか褒めているのかこれでは分からない。

「ええっと……」

「無茶ばかりするイーシャを怒りたいのに、助けられてしまっているし。もうっ！」

「あははは。すみません」

「許すから無事だというのをちゃんと確かめさせて」

ギューギューとミハエルは私を抱きしめ続ける。心配をかけてしまった。でも私はミハエルを助けるためなら、どんなことだってできるのだ。

たとえ叱られても、それはやめるつもりはない。

「そうだ。ロケットペンダント」

私はジャケットのポケットの中に移動前にとっさに入れておいたロケットペンダントを取り

出す。

「ミーシャ！　触ってみて下さい。もう熱くないです！」

あれだけ自己主張するように熱を発していたというのに、今触れたロケットペンダントは冷たかった。

私の手を握るようにミハエルもロケットペンダントに触れる。

「本当だ……」

「よかった……。きっとこれでもう、大丈夫ですよね？」

「うん。ありがとう、イーシャ」

ひとまず大きな心配がなくなったことにほっとして笑えば、ミハエルも同じように笑い、私に口づけをした。

◇◆◇◆◇◆

ロケットペンダントの熱もなくなり、近くを私兵団が調査したが土の神形が出てくる様子がなかったことから、討伐の終了をミハエルが宣言した。それにより私達は後片付けと池の事後調査をする私兵団達よりも一足早く公爵家への帰路につくことになった。

「ミハエル様。持ち場を離れてすみませんでした。勝利の女神は私が運び――」

「は？」

再びミハエルが私をお姫様抱っこしたため、戻ってきたダニイルが親切にも声をかけてくれた。しかし申し出をした瞬間、ミハエルは瞳孔が開いた目でダニイルを見ながら低い声を出した。

ミハエルの顔を正面から見た彼はその場で固まった。まるで氷像にでもなってしまったかのように顔色が悪い。

「あ、あの。ミーシャ、ダニイルに救助を優先するように言ったのは私なんです。だから――」

ダニイルが私の護衛任務から離れたのは私が命じたためだ。怒られるならばダニイルではなく私である。だから慌ててそれを伝えようとすれば、団長が慌てたように走ってきて、ダニイルの頭を押さえつけた。

「お疲れのところ、下らぬ申し出で足止めをしてしまい、申し訳ございません！　女神をお運びする幸運は、その夫のものでありましょう」

「……いいよ。じゃあ団長、撤収作業をよろしくね」

「はっ」

どう見ても次期公爵にいつまでも怪我人を運ばせるわけにはいかないと気を使ってくれただけなのに。申し訳ないと思い、私は口を挟もうとしたが、ミハエルは有無を言わせない笑みを浮かべて、私をお姫様抱っこしたまま颯爽《さっそう》と移動し始めた。

正直そこまでの怪我ではないので、あまりに丁寧に運ばれると恥ずかしすぎるのだけれど、先ほどのミハエルとダニイルとのやり取りを見たためか、誰一人止めてくれない。ただの捻挫《ねんざ》なのに……。

「イーシャは心配し通しで疲れた俺を癒《いや》してくれるんだろう？　重大任務だよ？」

甘い。

「あの、ミーシャ……」

すごく空気が甘い。

神形の退治をしたばかりのこの場では場違いな気がするのに、誰も止めてくれない。さっきも勢いで公開キスされてしまったしなぁ。ううう。恥ずかしい。

しかしいたたまれないような空気は馬車に戻るまでだった。馬車に戻るとそこからは、一緒に乗り込んだグリンカ子爵の独壇場だった。

「――土の神形は水の中での討伐が有効なようですが、あれだと土が採取できませんね。泥水になったものは小瓶に採取してみましたが、普通の土と差異があるのかどうか分かりません。とりあえず、地龍は細かい砂でできていたようですね。砂岩のような物質なのでしょうか？　直接触ることができなかったのが悔やまれます。ですが――」

何処《どこ》から小瓶が出てきたのだろう……。

私達の呆《あき》れた目を気にすることなく、グリンカ子爵は、ひたすら馬車の中で土の神形について喋《しゃべ》り続けた。ミハエルから漂う甘い空気は綺麗《きれい》に霧散し、代わりにうんざりした顔をしていたが、グリンカ子爵はお構いなしだ。同席しているのがただの人形だったとしても楽しく話し続けそうだ。

私達から共感を得たいというより、自分の思ったことや知識を垂れ流しているように思える。

「――確か東の島国は水が豊富な場所だと伺っています。きっと地龍を倒す時に川や海を利用するのでしょう。しかし今回のように土の採取ができないとなると、あの国で作られるお守りも作れません。つまり他にも倒し方があるということでしょうか？　先ほどイリーナ様が投げられた遠くからの打撃という方法はとても興味深く――」

凄《すご》い。

よく息が続くものだ。

喋りながら考察し続けているらしく、私達の相槌《あいづち》も必要としていない。

グリンカ子爵が手伝ってくれたのは間違いないし、水を使うのが有効だという大変貴重な意見ももらえた。だから一応私は聞く態勢はとっているけれど、言葉が右の耳から左の耳に抜けていっている気がする。

とにかく帰り道の車内ではグリンカ子爵だけが喋っていた。普通喋り続ければ疲れて声がかすれたり、多少ぐったりしたりするものだ。なのに、来た時より肌がつやつやしている気がするのはなぜだろう。神形の討伐に付き合ったのだから、もっと疲れていてもいいのに。

屋敷に馬車が停まり、私はミハエルにエスコートしてもらいながら降りる。続いてグリンカ子爵も降りたが、彼は屋敷の方へと進まずその場で立ち止まった。

「申し訳ありません。予想以上にバーリン公爵領での滞在時間が長引いてしまいました。目的地であるカラエフ領まで距離があるのでそろそろ出発したいのですが……」

「着替えは大丈夫ですか？」

土の神形を調べるためにドロドロな地面に膝をついたりしていたためグリンカ子爵の服は泥で大変なことになっている。風呂は無理でもせめてお湯で泥をぬぐいたくはないだろうか？

「移動の馬車で着替えますから大丈夫です。お気遣いありがとうございます」

確かに本当ならばもう次の町に出発しているはずの時間だろう。道中も考えるとあまりゆっくりはしていられない。でもお茶も出さずにいいのだろうか？

ただグリンカ子爵の顔には、この楽しい思い出を早く私の父に話したくてたまらないと書いてあるので引き留めるのもあれか……。

お父様、強く生きて下さい。

「オリガ、お父様達へしたためた手紙を持ってきてくれる？」

馬車が到着すると既に外でオリガが待機していたので、手紙を持ってくるようお願いする。

「グリンカ子爵、よろしくお願いします」

「承りました」

父と母にしたためた手紙を渡すと、グリンカ子爵はとてもいい笑顔で去っていった。……もしかして私の手紙を届けるということが父に会いに行く表向きな理由になっているのでは？ と渡した後に気が付いたけれど、気付かなかったことにする。きっとグリンカ子爵なら、私の手紙がなくても行く理由を捏造《ねつぞう》したはずだ。

「……なんだかすごかったですね」

「うん。そうだね」

私がグリンカ子爵の乗った馬車を見送りながらぽつりと呟けば、ミハエルもまた疲れた声で同意した。

「彼はとても役に立ったけれど、それを認めたくないぐらいに彼の神形講義はうるさいね。もっと相手に聞いてもらう話し方はできないのかな？」

誰かに聞かせようという気持ちがまったくない話は、聞き続ける方としては疲れる。

「私、初めて父を尊敬してしまいました。よく苛立たず、グリンカ子爵の話を聞き続けられるものだと。父の忍耐力はすごかったんですね……」

「うん。俺も尊敬する。グリンカ子爵の一方的な神形談義をすべて記憶して、よく気が狂わないなと思うよ」

グリンカ子爵は神形の知識という面でとても頼りになった。しかしその成果をもってしても、興味がない者からするとうんざりする怒涛《どとう》の神形語りだった。……でも彼の神形の部分をミハエル様にすると、私も似たようなことをしている気がする。うん。私も気を付けよう。

「サロンにお茶を新しく準備しております。ディアーナ様とアセル様もそちらにおられますので、どうぞ中にお入り下さい」

グリンカ子爵を見送ってからも外で立ち話をしていると、中に入るようにオリガに促される。

「なら、折角《せっかく》だから」

屋敷の中へ足を進めようとすると、ひょいっと再びミハエルが私をお姫様抱っこした。

「えっ。ミーシャ!? 屋敷の中程度の距離なら歩けますから」

「駄目だよ？　本来捻挫は足を動かしてはいけないんだ。イーシャも知っているよね？」

もちろん知っている。知っているけれど、これでは重傷者だ。

「でもミーシャに運んでもらい続けるのは申し訳ないです。それにそこまで酷い捻挫では――」

「医者に見せるまでは素人《しろうと》判断してはいけないよ？」

にこにこにこにこにこ。

……ミハエルの神々《こうごう》しい微笑《ほほえ》みが私の上から降り注ぐ。うっ。眩《まぶ》しい。

私を運ぶミハエルはとてもご機嫌だ。……諦めて無になろう。これは討伐の時と同じで何を言っても下ろしてくれないパターンだ。

サロンの中に入れば、案の定姉妹の顔色がさっと青くなる。……もしかしたら私が無茶をしないようにミハエルはあえて姉妹に重傷者のように見せているのかもしれない。

「イーラ?!」

「イーラ姉様?!」

「ただいま戻りました。あの、こんな体勢ですけれど、ミーシャが大げさなだけで大丈夫ですからね?」

悲鳴のように私の名前が呼ばれ、私は慌てて状況を説明する。

「お兄様、本当に?」

心配そうに見上げるアセルにミハエルは首を横に振った。えっ?　ミハエル?!

「イーシャは討伐中、地龍の攻撃が当たって足を負傷したんだ。足はあまり動かさない方がいい」

「負傷といっても、ただの捻挫ですから!」

やめて。この程度で重傷なんて、恥ずかしすぎる。

「本当に?　……ミーシャ、イーラを椅子のところまで運んであげてちょうだい。イーラはすぐに無茶をするのだから」

……どうしよう。私の信頼度が壊滅している。ディアーナもアセルもいちゃつかないでと訴える呆れ顔ではなく、怪我人である私がミハエルに運ばれるのが当然という顔だ。

「本当にただの捻挫なんですよ……」

　私は自分の信頼度のなさに落ち込みながら、再度伝えた。

「そうかもしれないけれど、でも心配なのよ」

「イーラ姉様が何でもできるのは知っているけれど、あまりに無茶をしすぎるんだもん。もっと自分を大切にしてよ」

　公爵家のご令嬢からしたらとんでもないことをしていると思われても仕方がない状況だ。本来ならば、女性の使用人ですら置いていくような場所なのだから。その上、私はいつだって、特攻隊のような戦い方をしていた。

　でも今日の討伐でこのままではいけないと理解した。

「……ご心配をおかけして、すみません」

　私は討伐に慣れているからと言いたくても、実際には怪我を負ってしまった。これは信頼されなくて当然だ。

「でもイーシャのおかげで、地龍を討伐することができたんだ。ロケットペンダントでダウジングができるのは女性だけで、女性の中で討伐に慣れていて、自分の身を守るすべを持っているのはあの場ではイーシャしかいなかったからね。今回の怪我も、決してイーシャが油断したとかではなく、不慮の事故だったと思う。もしも俺がダウジングできたとしても、怪我をしなかったかは分からない。むしろ捻挫だけで済んだイーシャは、やっぱり身体能力が高いと思うよ」

　私が何も言えなくなってしまうと、逆にミハエルが姉妹達にフォローした。

「俺も無茶はして欲しくないし、自分を大切にして欲しい。だけど今回イーシャはバーリン領の次期公爵夫人として領地のためにしたことだ。だから心配するのは分かるけれど、責めてはいけないよ。むしろ感謝すべきだ」

　ミハエルの言葉に、姉妹ははっとした顔をすると顔を曇らせた。

「……そうね。ごめんなさい、イーラ。折角守ってくれたのに」

「私もごめんなさい。私達を守ってくれてありがとう」

「いいえ。私は怪我をしてしまって、あまりお役には立てていないので」

　姉妹が落ち込んでしまったので、私は慌てて伝える。今回不甲斐《ふがい》なかったのは間違いないのだ。やはり最近の私は弛《たる》んでいる。

「待って。イーシャは大活躍だったからね？　役立たないとか冗談でも言わないで。地龍を見つけ出したのもそうだけれど、怪我した後もイーシャは地龍の動きの予測を立てつづけてくれたんだ。しかも最後には地龍のせいで沼と化した池からすぐに這《は》い上がれない私兵団員を守るために、回転する時に生じる遠心力をうまく使ってハンマーを投げ飛ばし、地龍の頭を吹き飛ばしたんだ。私兵団員がイーシャのことを勝利の女神って言い出すぐらい大活躍だったんだよ？」

「え、遠心力？　地龍を吹き飛ばす？　勝利の女神？」

「えっ？　何それ。イーラ姉様、凄い！」

ミハエルの説明に、ディアーナは意味が分からないとばかりに頭を押さえた。逆にアセルは目をキラキラさせる。

でも待って欲しい。ミハエルが言う通り、確かに私は地龍の頭を吹き飛ばした。でもそれはミハエルが私兵団を導き、あの間欠泉のある池まで地龍を誘導し、動きを封じたからこそできたことだ。この説明ではまるで私の活躍で地龍を倒したかのようではないか。

「確かに私が地龍にとどめを刺しましたが、討伐できたのは私だけの力ではないので、ちゃんと説明しますね。ダウジングをしていった時のことです。初めに出てきた土の神形は小さなモグラのような姿をしていました――」

勝手に私の手柄にされては困る。ミハエル教第一人者としても、ミハエル様の手柄を自分のことのように話すことは断じて許されない。

だから私は討伐の様子を順を追って二人に語った。

「――切っても元通りになってしまう土の神形もミハエル様の目にもとまらぬ剣さばきがあれば倒すことができました。あのような美しい刃の動きは、長年の鍛錬が産んだものでしょう。太陽の光に輝く剣は残像すら美しいのです。そんなミハエル様ですが、その力は剣技だけではございません。英知を用いて、猛者《もさ》ぞろいである私兵団に的確な指示を与え、勝利へと導きました――」

姉妹が勘違いしてしまわぬように、どれだけミハエルが素晴らしい働きをしたのかを語りつくした。ついでにバーリン領の私兵団の素晴らしい活躍も。

私は偶然性別がダウジングできる女性だったにすぎない。ただそれだけなのだ。

「ミーシャへの賛美がところどころ入って分かりにくかったけれど、討伐の流れは大体分かったわ」

すべてを語りつくし、満足した私の説明の評価はまさかの分かりにくいだった。私は話すのが得意ではないのでその評価は仕方がないとは思う。

でも待って欲しい。大切なのはその賛美の部分なのです……。

そう言いかけて、今日の馬車の中のグリンカ子爵を思い出し自重した。うん。布教は迷惑にならない程度で行わなければ。

「それにしても、本当にいいタイミングでロケットペンダントの異変に気付けてよかったよ。偶然だけど、この偶然がなかったらバーリン領はもっと大きな地震に見舞われただろうし、王都もただでは済まなかっただろうからね。イーシャは幸運の女神だね」

「幸運の女神かどうかはおいておくとして、今回のことは偶然ではなく、お婆《ばあ》様がミーシャを守って下さったんだと思いますよ？」

「イーラ姉様。どういうこと？」

私の説明にアセルが首を傾《かし》げた。

「これは私の推測というより妄想に近いかもしれませんが……」

私はこれまでのことを頭の中で整理する。願望が混じっているのは間違いないけれど、でもミハエルを愛していた祖母ならばあり得ると思うのだ。

「ミーシャからは、大切な人、つまり未来の妻に渡すようにお婆様からロケットペンダントをいただいたと伺っています。つまりお婆様は最初から、女性ならこのペンダントを扱えると知っていたのだと思うんです。そしてミーシャを大切にできる相手なら、このペンダントをずっと身につけると思うんです」

もしも壊れたペンダントなんていらないと大切にしないような相手なら、ミハエルの相手はお金目当てでミハエルを大切にしない相手だ。祖母の遺品を大切に身につけ続けたミハエルもそんな態度をとられたら結婚を見合わせるだろう。

そしてそんな相手が見つかる前でも、ミハエルがロケットペンダントを身につけ続ければ、チャーム部分が熱くなることには気が付けたと思う。そんな不可思議現象が起これば両親に相談するはずだ。

そしてバーリン公爵夫妻ならば、火の神形の管理方法を知っているのだから、きっと土の神形の出現に気が付けたはずだ。

今回は公爵に相談をしなかったのでわけの分からないまま動くことになってしまったけれど。

ロケットペンダントを渡したのが女である姉妹ではなかったのは、彼女達は将来的にバーリン領を出てしまうからだろう。火の神形の管理にも繋《つな》がる部分の話を姉妹が嫁ぎ先で内緒にし続けなくてもいいようにするためかもしれない。知らなければ伝えることはできないのだから。

「それだと嬉しいな」

嬉しそうに笑うミハエルに、私もそれが真相だといいなと思う。

その後ロケットペンダントの管理について公爵にも相談したが、引き続き私が持ち続け、次の世代に渡すことが決まった。その時はきっと、お婆様がミハエルに託したように、私も託したいと思う。

「こんな不思議体験初めてでした。きっとこれ以上驚くようなことなんてなさそうですよね」

「うん。俺もここまでびっくりする体験は初めてだよ」

無事に地龍を討伐できたから笑い話にもできる。その幸せを噛みしめながら、私はミハエルと笑いあった。

終章：出稼ぎ令嬢の驚きに満ちた日々

バーリン領の滞在期間も終わりに近づき、今日はディアーナ達と一緒に王太子の結婚式に出席するための服に問題がないかの確認をしていた。服は公爵領の衣料品店でも一番の店に注文しており、とても素敵な仕上がりだ。

お金がいくらかかったとかは気にしてはいけない。たぶん聞いたら最後、体の震えが止まらなくなり、二度と袖を通す勇気が出なくなる。

「派手ではないでしょうか？」

「全然そんなことないよ。すごく綺麗《きれい》だよ。まるで花の妖精じゃないか。光沢ある生地がイーシャをより一層輝かせてくれている。ビーズが縫い付けられているのもいいね。イーシャ自身の輝きには負けるけれど」

ドキドキしながらミハエルが待っている部屋に見せに行くと、ミハエルは手放しで私を褒《ほ》めた。

ディアーナが青、アセルがピンクのドレスだったので、私は色がかぶらないようワインレッドの色味のドレスとなった。ワインレッドのドレスには、上部に小さなキラキラと光るビーズが縫い付けられ、刺繍《ししゅう》が施されている。

正直派手すぎる気がしてならないが、誰一人派手だとは言わない。主役となるエミリアは白いドレスを纏《まと》うと通達が既《すで》にあるので、それとかぶらないよう、白やクリーム系の色味を避ければ問題がない。それに、もうできてしまったこれを拒否する勇気は私にはない。

「お兄様、私達はどう？」

くるりとアセルが可愛《かわい》く一回転する。ふわりとするピンクのドレスはまさに満開のお花だ。来年には成人だけれど、まだまだ可愛らしい。

「可愛すぎます。アセーリャこそ花の妖精のようです。ディーナも大人っぽくてとても美しいです。正に水の女神だと思います」

「イーシャがいう通り、二人ともよく似合っているよ」

「えへへ。お姉様、水の女神だって」

「か、からかわないでちょうだい」

嬉《うれ》しそうにアセルが私の言った単語を繰り返せば、ディアーナは耳を赤くしてツンと顔をそむけた。

「からかっていませんよ？　氷よりもあたたかな雰囲気で、水の女神というより海の女神というイメージです。キラキラと輝く銀の髪が太陽の光を反射する海辺を思い出すようで、本当に美しいです。個人的にはアセーリャと合わせて美の女神でもいいのですけれど――」

「わ、分かったから。イーラの気持ちは十分伝わったから、そういう賛美はミーシャにだけにしてちょうだい！」

素直な気持ちを伝えれば、ディアーナが顔を真っ赤にして止めに入った。残念だ。こんなに綺麗な二人を見たらいくらでも褒め言葉が出てきそうなのに。

「それにしてもイーラ姉様は本当に細いよね。私ももう少し運動しようかな」

私の二の腕をアセルがまじまじと見た。そんなに細いだろうか？　細さ云々《うんぬん》はおいておくとして、かなり筋肉質であるのは間違いないだろう。ただし――。

「アセーリャは今のままで十分可愛らしいです。ただ、私は最近本当に太ってきているんです。今までちゃんとご飯を食べていなかったのに、公爵家では毎日美味しいご飯が用意されてしまうので」

なんという贅沢《ぜいたく》な悩みだろう。

冬は食べたくても我慢することが多いのがカラエフ領だ。お茶に毎回おやつが付くとか、あり得ない。

野菜多めにしてもらい必要以上に食べないようにしているはずなのに、お腹周《なか》りが気になる。

「今までの冬は氷龍《アイスドラゴン》の討伐で山も登っていましたし、運動量が変わるのは仕方がないのですが……」

こっそり雪かきはしていたけれど、足りない。全然足りないのだ。

「何を言っているんだい？　イーシャは全然変わってないよ。むしろもっとふっくらしても可愛いぐらいだ。お姫様抱っこしている時もとても軽かったし」

ミハエルはこの間お姫様抱っこで移動したのがいたく気に入ったらしく、ことあるごとに抱き上げようとする。どうやら抱き上げている間は絶対私が何処《どこ》にもいかないのがいいらしい。

あまりそんなことをしていると筋肉が減るからと辞退しているが、次に怪我《けが》をしたらどうなってしまうのか分からない。……流石《さすが》に部屋の中に監禁されるなんてないと思うけれど。

「あの、ご歓談中、申し訳ありません。衣装のことで皆様方だけにお伝えしたいことがございます」

「俺達だけ？」

「はい。特にイリーナ様とミハエル様に」

オリガが覚悟を決めたような目をしていた。

衣装のこととは何だろう？

今着た限り、太ったとはいっても普通に着られた。もしも本番に着られなくなったら困るので少しだけ余裕を持たせて作ってもらっているのだ。美を追求するならより細く、体にぴったりのものを作り、服に入らないならコルセットでぎちぎちに締めるものらしいけれど。

何のことか分からないが、使用人には聞かせられないと言った様子なので、使用人に一度部屋から退出してもらう。ディアーナとアセルは残ると言ったので、一緒だ。

全員退出してしまうと、オリガはすごく言いにくそうにしながら、手を胸の前で組んだ。

「先ほどドレスを作られているデザイナーから、今後急激に体形が変わってしまった時の対処法を伝えられました」

オリガの言葉は思いもしないもので、私だけでなくみんながきょとんとした顔をした。確かに最近太ってきていることを話したけれど、作ってもらったドレスはちゃんと入ったので、まさかそれを親身になってオリガに伝えると思わなかった。このドレスを着るのだって夏の結婚式でだ。そんな対処に慌《あわ》てるほど太るつもりはない。

「ごめんなさい。きっと着替えている時に、私が世間話で最近太ったという話をしたからです。決して、私達が太っているなんて話ではありませんので」

公爵家のご令嬢になんて失礼なことをなんて思われては困る。私は手をそろそろと挙げて、話す内容を失敗したことを伝えたが、オリガはそうではないと首を振った。

「いえ。太っているとかそういう話ではないのです。彼女達は方法を伝えた上で、西の国では妊娠が分かりにくいコルセットが流行《はや》っているけれど、妊婦の体に負担がかかるのでお勧めしないと言われました……」

えっ？　妊娠してるぐらい体形が崩れかけていると言われたの？　いや、待って。太っているとかそういう話ではないと最初にオリガは言ったよね？

徐々に全員の顔がこわばっていく。

オリガはおもむろに、紙の束を取り出した。あれは確か、公爵家に向かう最中の馬車の中で書いていたものではないだろうか？　それが何十枚も束になってある。

「最近のイリーナ様の食事は若干《じゃっかん》増えておりまして、酸味のあるキャベツのピクルスを好まれておりました。また、酸味のあるヴァレーニエをお茶請けとしても好んでいる様子でした」

そんな風に嗜好《しこう》が変化しているなんて気が付かなかった。野菜を多めにして欲しいとだけ伝えてあったがオリガが徐々に私が好むものを料理人に伝えて変えてくれたのだろう。流石は公爵家。気配りが凄《すご》い。

「ちょっと待ってちょうだい。話の腰を折って悪いのだけど、ソレは何？」

「うん。私も気になった。その紙にイーラ姉様のことが書かれているの？　食事内容まで？」

オリガは嗜好に合うように日々の食事に関してまで細やかな気遣いをしてくれて、流石できるメイドだなと感心していたのだけれど、どうやら姉妹は違う感想を持ったようだ。

「こちらはミハエル様からイリーナ様の一日を書き残すようにご命令を受けた業務日誌です。一日に食べたものや、一日の行動を時系列でできるだけ正確に書き残し、イリーナ様の体調面にお変わりがないかなどを一目で見られるようにしたものです」

「ミーシャ!!　なんてものを人の傍仕《そばづか》えに命じているのよ!!　恥を知りなさい!!」

オリガが説明を終えると同時に、ディアーナが怒鳴った。アセルもまなじりを吊《つ》り上げ、私の前に立つ。

「いくらなんでも、お兄様、やりすぎだよ。イーラ姉様が嫌になって家出してしまったらどうするの？」

「い、いや。だって、俺が遠征に行っている時のイーシャの行動が色々ありすぎて、把握しておきたいなと思って……。ただ、ついそのまま命じ続けてしまったというか……愛する妻のことならなんでも知りたいに決まっているだろ？」

「駄目《だめ》に決まっているでしょうが！」

どうやら姉妹は私の傍仕えであるオリガに私の一日を紙に残しミハエルに報告させていることに怒っているようだ。

「しかもお兄様は次期公爵で、屋敷の中だとお父様に次いで使用人に命令ができるんだよ？ちゃんと線引きはしておかないと。私なら傍仕えがお父様から私の行動を監視して報告するように命じられていたら嫌だもの」

「権力にまかせてなど、最低ですわ。続けると言うのなら、ミーシャには別居してもらいます！」

「はあ!?」

「当たり前でしょ。イーラごめんなさい。元々ストーカー気質だったけれど、本当にあり得ない兄で。心を入れ替えさせるから、できれば見捨てないでやって欲しいの」

「うん。二度とさせないようにするから。お願い、イーラ姉様」

姉妹は間違いなく私を心配してくれている。

たぶんオリガにミハエルが頼んだ内容があり得ない内容なのだろう。まあ私も逐一自分の行動を伝えられると恥ずかしいけれど、そこまでは怒っていない。そもそも使用人が常に近くにいて見られているのと何ら変わりがない。多くの貴族は使用人を家具のようにとらえているからまったく別の話になるのだろうけれど。

「確かに恥ずかしいので、細かく報告されるのは少し困りますが……多少、今日はこんなことをして過ごした程度でしたらいいです。きっとミーシャもその方が安心するのではないでしょうか？　私の場合、次期公爵夫人らしからぬ行動を無意識にとっていることがありますから」

例えば、勝手に王女から女性武官候補の指導を引き受けてしまったこととか。

問題に気が付いていないこともあるので、取り返しのつかないことをする前に私を止めてもらえればありがたい。

しかし私がそう言い苦笑すると、突然ミハエルが顔面蒼白《そうはく》になった。

「ごめん、イーシャ。俺はイーシャを信頼していないわけではないんだ。もうこんなことは止めるよ」

「そうですか？」

むしろ、私はその方法があったかという天啓を少し受けてしまったぐらいなのだけど。ミハエル様を後世に残す。それは絵画や像で考えていた。でも世の中には文字がある。そう。文字ならば姿のみならず、素晴らしい行動や生き様を残せるのだ。

だからこっそりミハエル様日記を今後つけようかなと考えたぐらいである。

「反省したのならいいわ。オリガ、先ほどの話を続けてくれる？」

「かしこまりました。それで、食事の面はそういった変化がございました。また月のものがしばらくないのです。もちろん、イリーナ様はお痩せになられている上に、今は食事制限を自主的にされているので、多少不順でもおかしくはないのですが……」

オリガはとても申し訳なさそうな顔をしていた。

酸味のある食べ物、月のもの……さらに妊娠が分かりにくいコルセット……。その単語すべてが指し示すものと言えば……えっ？

えええええええっ!?

「まだ医師にも確認しておりませんが、ご懐妊の可能性がございます。あまり長時間立ち続けたり、お召し物でお体を冷やされたりするのはよろしくないかと存じます」

夏の服なので少々肌寒いのは確かだ。

そしてドレスの試着をする間、ずっと立ちっぱなしでもある。

「で、でも。まったくお腹は出ていないわ。それに妊娠するとつわりというものがあるのではないの？」

太ったけれど、私のお腹はそこまで出ていない。

そしてこれまでに妊婦と話したこともあるが、彼女達は皆初期に気持ち悪そうにしていた。しかし私は吐き気もまったくない。むしろ野菜中心の食生活にしないとと思うぐらい快食である。

「腹筋がある方は、中々お腹が目立ってこないと聞いたことがございます。つわりで吐く方が多いですが、そうでない方もいらっしゃいます。それに妊娠すると気持ちが不安定になる方もおり、イリーナ様が最近落ち込んだり少し情緒が不安定になったりするのはもしかしたら……」

腹筋……ある。間違いなくある。ちゃんと割れている。

「い、イーシャ、だ、抱っこしよう。立ったままなんて駄目だよ。えっ？　ベッドに横になった方がいいの？　え？」

「ミーシャ、抱っこなんて駄目に決まっているでしょ。もしも抱っこしている時に転んだらどうするのよ！　二人の命がかかっているのよ⁉」

「そうだよ。とにかく毛布！　暖かいもの‼」

ミハエル、ディアーナ、アセルの三人が顔を真っ青にしてわたわたと慌てだした。

「えっと、妊娠は病気ではないので――」

「というか妊娠って昨日今日の話ではないわよね？」

「そうだよ！　えっ。じゃあ、お腹に赤ちゃんがいる状態で、イーラ姉様は地龍《アースドラゴン》の討伐をしたの⁉」

「うわぁぁぁ、医者、医者を早く！　イーシャは、討伐で怪我をしたんだ！」

足はくじいたけれど、お腹は打っていない。そして今のところ月のものもないので、今すぐ医者に見せたところで何も変わらないと思う。

しかし部屋の中は、混乱した三人の叫び声が響いた。

イリーナ・イヴァノヴナ・バーリンは最近少々弛んでいる。

そう思っていたけれど、違った？

私はこれ以上驚くことはそうそうないだろうと話していたのに、旦那様をさらに驚かせてしまったようだ。

番外編：次期公爵様と元出稼ぎ令嬢の攻防

俺の妻はとんでもない。

体形は小柄な痩《や》せ型。性格はまじめで、自分に自信がない大人《おとな》しいタイプ。それなのに時折行動が凶暴な肉食獣のような暴れっぷりだ。敵だと判断すれば、自分より倍以上大きくて、私兵団員が数人がかりで戦っても倒せず苦戦した神形《みかたち》を一発で倒してしまう。

本人は既《すで》に私兵団が弱らせてくれていたから倒せたのだと言うが、自分自身、足を負傷していたということを忘れないで欲しい。何をどうしたら、危険だからその場で大人しく待っていて欲しいという意味で『ここで待っていて』と言ったのに、その場から移動せず攻撃しようと、男でも振るのに苦労するハンマーを投げ飛ばすなんていう発想になるのだろう。確かに、その場からは動いていない。うん。間違いなく俺のお願いを聞いてくれている。

でも足を負傷しているのに、その足を軸にして回転してハンマーを飛ばすとか、正直あり得なくない？　何処《どこ》の戦闘民族？

「私、ちゃんと、言いつけ守りました」

えっへん、偉いでしょという感じで笑うイーシャは可愛《かわい》い。だけどそれはペットがお馬鹿なことをして可愛いなぁと思う可愛いが混ざった可愛いだ。

「違うよね」

「そんなことありません。ちゃんとその場から動きませんでした」

「足を怪我《けが》したのなら、普通はそういう解釈ではないよね。安静にして待っていてという意味だよ。ちゃんと読み取って！　確かに助かったけど。間違いなく今日の勝利の女神はイーシャだけど！」

でも解釈が違うんだよ。

きょとんとした顔をしているけど、イーシャが誤魔化《ごまか》そうとしているのはなんとなく分かる。確かに回転しただけだからその場からは動いていない。でもその言い訳、最初から用意していたよね、絶対。

普段のイーシャなら、あわあわして、ごめんなさいと言うまでがお決まりの流れなのだ。それなのに堂々と言うということは、最初から俺に咎《とが》められるのを回避する方法を考えていたとしか思えない。

「でも……私、最初に婚約を了承した時、ミハエルの隣でずっと守れる素晴らしい職場だと紹介されたんです。だから私は、ミーシャが危険ならばどんなことをしても守ります」

「……あの時は救助に交じっていただけだから、そこまで危険じゃなかったよ」

「そんなの分からないではないですか！　地龍《アースドラゴン》がどんな動きをするのか私は知らないんです。

もしもあそこで地震を起こされたら、もしかしたら沼のようになった池に落ちて、そのまま沈んで死んでしまうかもしれません。そうでなくても地龍が最後の力を振り絞って、突然暴れ出して大怪我をする可能性だってあったと思います」

なんとかしてイーシャに怪我をした時は大人しくすることを了承させようとすれば、イーシャが珍しく怒った顔で反論した。眉を吊《つ》り上げ、涙がにじんだ灰色の目で俺を真《ま》っ直《す》ぐ睨《にら》みつける。

確かに地龍に関しては、情報が少なすぎて俺もあの後、地龍がどんな反撃をしてきたかは分からない。地龍に限らずどんな討伐任務だって一歩間違えれば死に直結する。だからイーシャが言う通りのことが絶対起こらなかったとは言えない。

「私はちゃんと言いつけを守りました。だから怒られるいわれはありません」

イーシャは言い返した後はプイッと顔をそむけた。

イーシャが俺のことを想って心配してくれるのは、胸が張り裂けそうなぐらい嬉《うれ》しい。俺を守るというイーシャも可愛くてかっこよくて好きだ。

でも自分を犠牲にしてでも守ろうとするところは、心配でならない。

「そもそもミーシャは心配性すぎます」

「……いや。普通だよ。怪我した妻を心配しないような旦那はいない」

というか怪我した妻を心配しない旦那はクズだ。決して俺が心配性なわけではない。

「でもただの捻挫《ねんざ》で、ここまでずっと抱っこで運んで、私兵団の方も絶対大げさすぎると思ったはずです。ディーナとアセーリャにも余計な心配をかけてしまうし」

それはわざとだからね。

怪我が心配でというのももちろんある。けれど勝利の女神だとイーシャを褒《ほ》めたたえる私兵団の誰かがうっかりイーシャに惚《ほ》れてしまったら困るから、牽制《けんせい》したのだ。イーシャは可愛いけれど誰もが目を引くような美人というわけではない。でも関われば関わるほど、その魅力が目につく人間である。

次期公爵夫人として尊敬したり忠誠を誓ったりするところまでならいい。でも守られたことで自分が特別だと思い、一人の女性として恋心を持つのは許せない。だからそんな気持ちを持つ前にへし折ったのだ。ある意味私兵団員達の未来を守ったともいえる。俺はいいことをした。

「そんなことないよ。よく考えて。次期公爵夫人が怪我をしている状態で、自力で歩けなんて言われるはずがないだろう?」

とはいえイーシャに恋する私兵団員発生を阻止する目的は、イーシャには話さない。それによってイーシャが一瞬でも相手に興味を持ったら嫌だからだ。

「でもやりすぎです」

「ディディもアセーリャもそんなこと言わなかっただろう?」

「お二人は怪我について詳《くわ》しくないではないですか。むしろ運ばれたせいで、酷《ひど》い怪我だと思い込んだのだと思います」

イーシャは納得いかないようで、ムッとした表情をする。

「俺はやりすぎだとは思わないよ。俺はイーシャにはもっと自分を大切にして欲しい。夫が運ぶというのだから、むしろもっと頼って欲しいんだけど」

「十分頼っていますけど？　それに私は、自分ができると思ったことしかしていません」

「へぇ。怪我をしたのに？」

「……それは」

あの怪我は運が悪かっただけだと分かっている。土の神形を探していて、奇妙な音が聞こえたから確認に行くというのはそこまで悪い判断ではない。そしてそこまで大きな怪我をしなかったのも運動神経のいいイーシャだからだろう。分かっているけれど、可愛くない言い方をされて、つい指摘してしまった。

その指摘に、イーシャが怯《ひる》んだ。

「それは申し訳ございません……。でも私は、ミーシャが危険ならば多少の危険があっても助けます。そして今回ハンマーを投げたのは、ミーシャの言いつけも守っています」

「……ふーん。なら、俺も勝手にイーシャの看病をさせてもらう。イーシャが勝手に俺を守ろうとするならお相子《あいこ》だよね」

「……へ？　ミハエル様の看病？　いや、それは、恐れ多すぎると言いますか。えっ。無理」

「ミハエル様じゃないからね！」

無理って何？

顔を赤くしてあわあわするイーシャは可愛いけれど、言っている言葉が全然可愛くない。なんでそこでミハエル様が出るの？　おかしくない？

こうして俺とイーシャの仁義なき戦いは幕を切って落とされた。

◇◆◇◆◇◆

納得がいかない。

私は珍しくミハエルに抗議した。

「……ちゃんと約束は守ったのに」

ミハエルに言われたように、ちゃんと私は地龍には近づかず、言われた場所からは移動しなかった。ただ、そこでちょっと回転しただけだ。

完璧《かんぺき》な正論を言ったのに、ブツブツと文句を言うミハエルは細かくないだろうか？　私は約束を破っていない。

「私だって、ミーシャを守りたいのに。というか、元々そういう約束なのに」

部屋でベッドに転がり、クッションをぎゅっと抱きしめる。

私はミハエルを近くで守れるから彼と結婚することを了承したのだ。それができないならば婚約破棄されても仕方がないと覚悟したこともある。もちろん簡単に別れる気はないし、ミハエルに飽きられないいい女になるつもりもある。でもこの前提条件を崩す気はない。

だからあの時、ミハエルの命令に従いながらも、遠心力使ってハンマーを地龍に投げたのは悪くない判断だったと思う。

そんな風にムカムカしてふて寝した翌日。見事に私の足は腫れた。おう……。

動かさなければそこまで痛みはないけれど、見事な捻挫である。昨日その件でミハエルと喧《けん》嘩《か》したばかりだったのもあり、私は頭を抱えた。

「うう……。あの時は、痛みはなかったのに」

「極度の興奮状態にある時、しばしば人は痛みを感じないものなのですよ。足は動かさず、安静にして下さい」

朝一、足の腫れに気が付いたオリガは、すぐさま医者を呼んだ。そしてその医者の診断を受けながら、ほらみろと言わんばかりのミハエルの視線が痛い。

この足の状態を見て、確かに昨日は無茶をしすぎたのだと思う。でもミハエルの命と私の足一本、どちらをとると言われればミハエルに決まっている。私の足は治るけれど、失った命は戻《もど》らないのだ。

「じゃあ、俺がイーシャを運んであげるね」

「えっ？」

「イーシャは小柄だけれど女性が運ぶのは大変だし、男性の使用人に運ばせるのは俺が嫌だ。そしてバーリン領にいる限り、俺も仕事はないしね」

「いや、でも」

「昨日、俺も勝手にイーシャの看病をさせてもらうと言ったよね？」

それは恐れ多いからと断ったと思いますけど⁉

そう思うけれど、勝手にするということは、私の意見は聞かないということだ。

「手取り、足取り、すべてやってあげるね」

「ひぃ」

助けを求めて、私はこの部屋に一緒にいる姉妹や使用人に視線を向けるが、使用人には目をそらされた。分かっている。使用人には荷が重い案件だ。

「私もイーラ姉様はお兄様に甘えた方がいいと思うな。だって、その足だと何処にも行けなくなってしまうもの。でも足さえ動かさなければ、一緒にお茶とかできるんでしょう？」

「はい。足を固定すれば起き上がることは可能です」

「なら私も賛成ね。どうせミーシャも暇《ひま》だろうし」

「ディディ、言い方……まあ、事実だけどね。この足では、いい天気でもイーシャと観光に行くのは難しいだろうし」

ミハエルは肩をすくめた。

私は行けないのでミハエルだけでもと言っても、ミハエルの地元なので観光という感じにはならないだろう。

「ううっ。分かりました。でも、トイレとかお風呂は、本当に勘弁して下さい……」

「えっ。なんで？」

きょとんとした顔で言われて、私がショックで愕然《がくぜん》となると、ダンッ！　と大きな足音を立ててディアーナがミハエルの真正面に立ち塞がった。

「ミーシャ。私もイーラに無茶をして欲しくないから、ミーシャがイーラを運んだり看病したりすることには賛成よ？　それがイーラに一番効くと思うもの。でもイーシャの尊厳を傷つけることは許さないわよ」

「私も実の兄が変態とか嫌かも」

「夫婦なのに？」

「夫婦でもよ。本人がやらせたくないなら、絶対許さないわよ」

ディアーナ！

頼もしいディアーナに私は尊敬の眼差《まなざ》しを送った。

「……冗談だよ。うん。ただ夫なんだから、体をくまなく洗うとか――」

「絶対駄目《だめ》!!」

姉妹のおかげで、私の尊厳は守られた。ミハエルにトイレや入浴の介助をされたら、恥ずかしくて死んだ。

こうして最低限の線引きがされた状態で、私の介護生活が幕を切って落とされた。

まずは朝食だと、ミハエルが私をお姫様抱っこで食堂に運ぶ。これは姉妹も同意してしまったので回避不能だ。諦《あきら》めて荷物に徹する。

「あの、私、腕は怪我をしておりませんが？」

「手取り足取り、勝手に看病すると言っただろう？　あーん」

私の怪我は足だけだ。腕はまったく問題がない。それなのに、食堂に私を運んだミハエルはどうして食事まで食べさせようとするのか。

「ほら、顔が赤いよ？　もしかしたら、足を怪我したのに無理をしたせいで、熱が出てしまったのかもしれない。それなら、ちゃんと食べて体力をつけないと。ね？　無理をしなければ、ここまでしなくても済んだのだろうけど」

確かに怪我をしたことで熱が出ることもある。でも今顔が赤いのはミハエルがあーんと食事を食べさせようとしているからだ。困った顔でミハエルは言うけれど、確信犯である。『無理をした』の部分が若干《じゃっかん》強調されているのが、証拠だ。私を辱《はずかし》め、丸め込もうとしているのが分かる。

ミハエルに食べさせてもらうなど地面に頭をめり込ませたくなるぐらい申し訳ないけれど、

私も引くわけにはいかない。ミハエルを守るのは私なのだという思いで、差し出されたソバの実をミルクで煮たカーシャの載ったスプーンを咥《くわ》え、心を無にして咀嚼《そしゃく》し飲み込む。

「ミーシャこそお疲れでないですか？　沢山《たくさん》食べて下さいね。あーん」

私の恥ずかしさをミハエルも感じればきっとやめようと思うはず。そう思い、にっこりと笑いながら私もひとさじミハエルに差し出せば、彼は最初こそ虚を突かれた顔をしたが、すぐに空色の瞳がキラキラと輝《かがや》く。そして満面の笑みでそのスプーンを咥えた。

食べさせられる姿も麗《うるわ》しいとか、色々おかしくないだろうか？　眩《まぶ》しすぎて目がつぶれそうだ。

「イーシャに食べさせてもらう食事はおいしいな。確かに俺はお疲れな気がする。だからイーシャが食べさせてね」

私の大好きな顔が、甘えっ子の幼児のような言葉を吐く。私は助けを求めて姉妹を見た。姉妹の顔は凄《すご》く微妙なものだ。

「お父様達のやり取りで慣れてはいるけれど、実の兄がやっているのを見るのは微妙ね」

「うーん。でもイーラ姉様への罰なら、これぐらいは仕方ないんじゃないかな？　食べさせあいなら、恋人ならばやると聞いたこともあるし」

「えっ？　こんな恥ずかしいことをやる人が他にもいるの？」

「友達が言っていたよ。お姉様はしないの？」

ディアーナとアセルはミハエルのこの行動がありかなしか相談をする。全体的に微妙な顔をするディアーナに対して、アセルは問題なしと判定した。そしてそこからの流れ弾でディアーナの顔がぼぼぼっと赤くなり、ブツブツと頭を抱えて独《ひと》り言《ごと》をつぶやく。

「つまり、何にも問題がないということだね。体調の悪い妻を気遣うのは夫の役目。はい、もう一口、あーん」

……何、この拷問。

そして食べれば、ミハエルは自分もやってとあーん待ちをする。……可愛いんですけどっ!!

腹が立つぐらい、可愛すぎて、私の選択肢が『はい』しかなくなってしまう。

すべてを完食した時には、お腹《なか》は膨れたけれど私の精神力はゴリゴリと削られ疲れ切っていた。

「イーシャ、ほら。怪我をしているから、体が疲れやすくなっているんだよ」

絶対違います！

そう思うが、私は大人しくミハエルに運ばれるしかなかった。

その後もやれお茶だと運ばれたり、天気がいいから庭を散策しようと運ばれたり、この本が今は流行《はや》っているそうだよとおひざ抱っこで見せてくれた。正直おひざ抱っこは足の怪我とは関係ない気がする。

一日中ミハエルにかまわれ続けた私は、正直ぐったりだ。たぶんミハエルは猫を飼うとかまいすぎて円形脱毛とか作らせてしまうタイプだと思う。かくいう私も、ミハエル成分が過多す

ぎて消化不良で倒れそうだ。

お風呂の準備ができたので、最初の約束通り、ミーシャは介護から外れた。解放感にほっと息を吐く。

「……私に反省させるためとはいえ、容赦なさすぎる」

一人の時間がなくて私も辛《つら》いがミハエルも辛いと思う。一緒にいるのが苦痛というわけではないが、本をめくるのさえミハエルがやろうとするのはやりすぎだ。私は読み聞かせされる幼児ではない。

「イリーナ様、お疲れ様です」

「ミーシャとの喧嘩をずっと見せられて、居心地悪かったよね。ごめんなさい、オリガ」

私の傍仕《そばづか》えとして今日一日ずっと一緒にいたオリガにとって、あの微妙な空気が漂う空間は苦痛だっただろう。

「いえ。……どちらかというと、喧嘩をされているイリーナ様が見られて、私は少し嬉しかったです」

謝っても使用人の立場では悪く言えないだろうから申し訳ないなと思ったけれど、あまりに想定外な返事をもらって、私はきょとんとしてしまった。

「嬉しい？」

私とミハエルが喧嘩して？

どうしてそんな意見になるのだろう。私かミハエルが嫌いで仲違《なかたが》いして嬉しいという意味ではないだろう。

「はい。今までイリーナ様はドレスに関しても、何に関してもミハエル様を優先されてご自分の意見はあまりおっしゃられませんでした。喧嘩してですが、ミハエル様に意見されているのを見て、公爵家に慣れていただけたのだなと思いまして」

「あー……」

確かに、神様に対してならば、私は自分の意見は言わなかっただろう。でも今回苛《いら》立《だ》ち、意見したのはミハエル様ではなくミハエルだからだ。

「ただ、ミハエル様が言う通り、私もイリーナ様にはご自分を大切にしていただきたいです」

「オリガもやっぱり、私がミーシャを助けるためにハンマーを投げたことはよくなかったと思う？」

たずねてから、オリガの立場では答えにくい質問だったなと反省する。オリガは私の傍仕えだけれど、公爵家の使用人なのだから、私の言葉も次期公爵の意見も否定するようなことは言えない。

「ごめんなさい。言わなくていいわ」

「……いいか悪いかは分かりませんが、私はイリーナ様が自分をないがしろにすると悲しいです。でもイリーナ様が決められたことならば、それを貫いて欲しいとも思います」

オリガの言葉はおべっかではなく、誠実なものに感じた。……私だって、もしもオリガが傷つくようなことがあったら悲しい。だから私が怪我をすることが悲しいという気持ちは理解できる。ミハエルも同じなのだろう。

「でもないがしろにしているつもりはないの。それに私はミーシャが死んでしまう方が嫌だし……」

「はい。私はイリーナ様がお選びになったのならば、その道を進むことを止めません。ただ、少しだけ心の片隅に、心配している者がいると覚えていていただけたら光栄です。そしてできればどう思ってそれをしたのかなど説明していただければ安心できます」

オリガの言葉はストンと私の中に入った。確かに私がミハエルのすべてを知らないのと同じで、ミハエルも私がどういうことができるのか把握しきれてはいないだろう。

「もう一度ミーシャとしっかり話し合うわ」

まずはお風呂から出たら心配をかけたことは謝って、私の考えを知ってもらおう。私はぐっと手を握って気合を入れた。

◆◇◆◇◆◇

足を怪我したのに無理をするイーシャに灸《きゅう》をすえるために始めた、イーシャの看病だけれど、どうしよう。

「……楽しくて仕方がない」

現在イーシャはお風呂に入っているので、俺はイーシャの部屋で彼女が戻ってくるのを待ちながら幸せを噛《か》みしめていた。

風呂の介助はやはりイーシャに嫌だと固辞され、ディディにもギロリと睨まれたので大人しく待っている。でも髪の毛を拭くのは俺がやりたいと使用人に言ってあるので、イーシャは髪を湿らせた状態で戻ってくるだろう。

あと、服の着替えの介助も駄目だからねと妹達に事前にくぎを刺されているので、その時も部屋を出る気はある。妹達を敵に回すと連携されて、バーリン領でイーシャと過ごす時間をことごとく削られるだけではなく、俺一人だけ王都に追い返されかねないからだ。誠意は見せた方がいいだろう。

それにしても普通にイーシャが意趣返しで俺がやったことと同じことをしてきて、可愛いがすぎる。朝食の席でイーシャにあーんされた時は、この世の天国はここにあったのかと思った。

どうしてそれが俺に対しての嫌がらせになると思ったのか。ご褒美《ほうび》以外の何ものでもない。

何、この可愛い生き物。

俺はイーシャに対して嫌がらせをしているつもりはない。ただ無理をしたことに対しての反省を促すために、ちょっと過保護度を上げているだけだ。イーシャはもっと周りから自分がとても大事に思われていることを実感するべきだ。

「このまま過保護月間にしようかな」

このイチャイチャした状況が続くと、それが普通だと思うようにならないだろうか？　俺は常にイチャイチャしたい。

結婚してからも遠征やら仕事やらでイーシャと仲を深める時間が短いと思うのだ。イーシャと知り合ったのはずっと前だけれど、近くでイーシャと話すようになったのは、約一年前からで短い。まだまだ知らないイーシャが俺には沢山ある。

「ミーシャ、失礼します」

イーシャが普通に自室まで歩いて戻ってきて、俺はギョッとした。イーシャの顔色はよく、我慢をしている様子はないけれど、でも彼女が足を怪我していることには変わりない。

「イーシャ。運んで欲しいなら呼んでよ！　せめて使用人の肩ぐらい借りて！」

「えっと……」

俺が悲鳴を上げるように叫びイーシャに近寄れば、イーシャは苦笑した。

「俺はイーシャが俺以外の男に運ばれるのは嫌だけど、でもイーシャの怪我が悪化するぐらいなら、嫉妬《しっと》にだって蓋をするよ」

俺の言葉にイーシャは目を瞬《またた》かせた。

「心配をさせてしまって申し訳ありませんでした。……ミーシャは、私が他の使用人に運ばれても我慢して下さるのですか？」

「したくないけど、するよ。当たり前じゃないか。俺が大切にしたいのは、イーシャなんだ」

俺の嫉妬でイーシャが傷ついたら本末転倒だ。

移動時には俺を呼んで欲しいけれど、どうしようもない時だってある。その時はためらわず使用人に運ばれて欲しい。

「……ありがとうございます」

イーシャは頬をピンクにしてふにゃりと笑った。そして本当に嬉しそうに笑った後、少しだけ表情を引き締め、灰色の瞳を真っ直ぐ俺に向けた。

「あの、ミーシャが私を大切にしてくれるように、私もミーシャを大切にしたいんです。ハンマーを投げる時、確かに無理はしたと思います。でも足の怪我は治りますが、ミーシャが死んでしまったらどうしようもないんです。地龍は分からないことが多くて……私もミーシャの力になりたかったんです」

ロケットペンダントの件だけでも十分助けになった。イーシャがいなかったら、バーリン領はただではすまなかっただろう。

だからあそこまでイーシャがついてきてくれただけで本当は十分なんだ。でもイーシャは守られるだけの女性ではない。どんな時でも最善を目指して自分の足で走り抜けられる強い女性だ。

「確かにあの時俺の命に危険がなかったと言えば、そうではなかったと思う。イーシャのおかげで誰も死ぬことなく討伐が終えられたとも思う。それは、本当にありがとう」

あの時地龍の頭をイーシャが吹き飛ばしてくれなかったら、沼と化した池の中に入った者が窒息死していた可能性は十分にあった。服が汚れてしまったなと笑いながら帰還できたのはイーシャのおかげだ。俺は十分に分かっている。勝利の女神だと私兵団がイーシャをたたえ合った気持ちは俺も同じだ。

「今回のことは、イーシャが正しいと思うよ。でも自分の体をもっと大切にして欲しいんだ」

「……はい。できるだけ大切にしたいと思います。でも、やっぱりミーシャに危険が迫ったなら、私は助けるための最善をとりたいし、とると思います」

素直に分かりましたただけでは終わらない。でもここで嘘《うそ》をつかないのはイーシャなりの誠意なんだと分かる。これはきっと、イーシャがどうしても譲れない部分で、これを否定したら俺の前からイーシャがいなくなってしまう気がした。

俺を神様扱いしてもしなくても、イーシャは俺に危険が迫ればその身を犠牲にしても助けるために走っていくのだ。でもそんなイーシャを好きになったのは俺だ。イーシャ以外の妻なんて絶対嫌なのだからできるだけ自分の身も大切にすると言ってくれたイーシャを信じるしかない。

「俺もイーシャが無茶をしすぎないように気を付けるよ。いくら足の怪我は治るといっても、不便な生活がしばらく続くのは間違いないんだしね。足の怪我が治るまで、は看病を続けるよ？　もちろん王都でも」

反省はしてくれたけれど、でも今回は最後まで続けさせてもらう。俺もその方が楽しいしね。王都に行ったら、流石《さすが》に仕事に行かなければいけないので、日中運ぶのは無理だから使用人にお願いしなければいけない。でもイーシャには自分を大切にするためにもっと人に頼ることを覚えて欲しいから、丁度《ちょうど》いい。女性の使用人では大変だから、絶対イーシャに手を出すことはない男性使用人を使うとして、誰がいいかな――。

「あ、それなんですけど。たぶん、明日には治ると思います」

「……はい？」

明日には治る？

えっ？　医者に絶対安静と言われたよね？

普通はそんな怪我をしたら、最低でも一週間は絶対安静だと思う。それが明日？

「看病されたくないからって、そんな嘘をつかなくても。謙虚は美徳かもしれないけれど、すぎるのはよくないよ？」

「いえ。見て下さい。今日一日ミーシャが運んで下さったおかげで腫れも引きましたし、お風呂では痛みもありませんでした。きっと温泉が効いたんですね」

いやいやいや。確かに温泉には怪我の治りを早める効果があると昔から言われているけれど、魔法ではない。

俺はしゃがみイーシャの足首を見た。足首の色は打ち身をした時のように、紫になっていて痛々しい。しかし朝医者に見せた時より薄いし、腫れてはいない。

は？

「えっ？　何で？」

「私、昔から怪我の治りが早いみたいなんです。今回はちょっと早いなと思ったんですけど、きっと温泉と相性がよかったのと、ゆっくり休ませてもらえたからだと思うんです。いつもなら、この程度の怪我なら、足首を固定して私兵団の訓練にも参加しましたし、仕事をしている時は一日休まず立ち仕事もしていましたから」

……イーシャの過去は修羅《しゅら》か何かなのかな？

とんでもない情報にくらくらする。いや、治るのが早いって言っても早すぎるでしょ。早く怪我が治ることはいいことだけれど、俺はまだ看病し足りない。

「今普通に廊下を歩いても大丈夫でしたし、色も明後日《あさって》には元通りだと思います。ご心配おかけしました」

「え。待って、俺、もっと看病したい！」

「また怪我をしたら、お願いします。恥ずかしいですが、でもミーシャに大切にされるのは嬉しかったです」

「過去形にしないで。せめて明日だけでも看病するから！」

イーシャに怪我はしてもらいたくないし、早く治ったことは喜ばしいことなのに、今すぐ怪我をしてもらいたいと思う日が来るなんて。

その後イーシャの怪我はちゃんと完治した。でもそれよりももっと衝撃的なことが判明し、俺を含め公爵家の人間はイーシャに対して過保護に拍車がかかることになるのだが、この時の俺はまだそれを知らず、過保護強化月間が一日で終わってしまったことを嘆くのだった。

あとがき

こんにちは。『出稼ぎ令嬢の婚約騒動6』を手に取っていただきありがとうございます。六巻を書くことができたのも皆様のおかげです。

今回はイリーナが持っていたミハエル様の絵の入手について、詳しく知られてしまった話でした。イリーナは過去の様々なやらかしを怒られないために内緒にしているので出せて楽しかったです。もう少し語りたいですが、一ページしかありませんので、この辺りでまとめさせていただきます。

担当H様。いつも相談に乗っていただきありがとうございます。電話の中で出てくる話で、イリーナ達を深堀りできて楽しく書けています。

安野メイジ先生。いつも素敵な絵をありがとうございます。今回のドレスも細かな飾りまで可愛いですし、私兵団と同行の時のコートがとてもオシャレでした。流石次期公爵夫人の服だわと喜びに震えています。

そして読んで下さっている皆様、六巻を少しでも楽しんでいただけたら幸いです。

出稼《でかせ》ぎ令嬢《れいじょう》の婚約騒動《こんやくそうどう》6
次期公爵様《じきこうしゃくさま》は愛妻《あいさい》が魅力的《みりょくてき》すぎて心配《しんぱい》です。

2023年 8 月 1 日　初版発行

著　者■黒湖クロコ

発行者■野内雅宏

発行所■株式会社一迅社
〒160-0022
東京都新宿区新宿3-1-13
京王新宿追分ビル5F
電話03-5312-7432（編集）
電話03-5312-6150（販売）

発売元：株式会社講談社
（講談社・一迅社）

印刷所・製本■大日本印刷株式会社

ＤＴＰ■株式会社三協美術

装　幀■世古口敦志・前川絵莉子
（coil）

ISBN978-4-7580-9566-2

●この作品はフィクションです。実際の人物・団体・事件などには関係ありません。

この本を読んでのご意見
ご感想などをお寄せください。

おたよりの宛て先

〒160-0022
東京都新宿区新宿3-1-13
京王新宿追分ビル5F
株式会社一迅社　ノベル編集部
黒湖《くろこ》クロコ 先生
安野《あんの》メイジ(SUZ《スズ》) 先生

第12回 New-Generation

アイリス少女小説大賞

作品募集のお知らせ

一迅社文庫アイリスは、10代中心の少女に向けたエンターテインメント作品を募集します。ファンタジー、時代風小説、ミステリーなど、皆様からの新しい感性と意欲に溢れた作品をお待ちしております！

金賞 | 賞金100万円 ＋受賞作刊行

銀賞 | 賞金 20万円 ＋受賞作刊行

銅賞 | 賞金 5万円 ＋担当編集付き

応募資格 年齢・性別・プロアマ不問。作品は未発表のものに限ります。

選考 プロの作家と一迅社アイリス編集部が作品を審査します。

応募規定 ●A4用紙タテ組の42字×34行の書式で、70枚以上115枚以内（400字詰原稿用紙換算で、250枚以上400枚以内）
●応募の際には原稿用紙のほか、必ず ①作品タイトル ②作品ジャンル（ファンタジー、時代風小説など） ③作品テーマ ④郵便番号・住所 ⑤氏名 ⑥ペンネーム ⑦電話番号 ⑧年齢 ⑨職業（学年） ⑩作歴（投稿歴・受賞歴） ⑪メールアドレス（所持している方に限り） ⑫あらすじ（800文字程度）を明記した別紙を同封してください。
※あらすじは、登場人物や作品の内容がネタバレも含めて最後までわかるように書いてください。
※作品タイトル、氏名、ペンネームには、必ずふりがなを付けてください。

権利他 金賞・銀賞作品は一迅社より刊行します。その作品の出版権・上映権・映像権などの諸権利はすべて一迅社に帰属し、出版に際しては当社規定の印税、または原稿使用料をお支払いします。

締め切り 2023年8月31日（当日消印有効）

原稿送付宛先 〒160-0022 東京都新宿区新宿3-1-13 京王新宿追分ビル5F
株式会社一迅社 ノベル編集部「第12回New-Generationアイリス少女小説大賞」係

※応募原稿は返却致しません。必要な原稿データは必ずご自身でバックアップ・コピーを取ってからご応募ください。※他社との二重応募は不可とします。※選考に関する問い合わせ・質問には一切応じかねます。※受賞作品については、小社発行物・媒体にて発表致します。※応募の際に頂いた名前や住所などの個人情報は、この募集に関する用途以外では使用致しません。